L'année de Jeanne

DU MÊME AUTEUR

Franck Ferrand raconte, Perrin, 2019.

Mon enfance, quelle histoire ! entretiens avec Catherine Lalanne, Bayard, coll. « L'atelier de l'enfance », 2019.

François Ier, roi de chimères, Flammarion, 2014.

Dictionnaire amoureux de Versailles, Plon, 2013.

Portraits de cour, avec Stéphane Bern, Le Chêne, 2012.

Du sang sur l'histoire, Flammarion, 2012.

Versailles après les rois, Perrin, coll. « Tempus », 2012.

Au cœur de l'histoire, Flammarion, 2011.

L'Ombre des Romanov, XO Éditions, 2010.

Au cœur de l'Écosse, avec Stéphane Bern, Flammarion, 2009.

L'Histoire interdite. Révélations sur l'histoire de France, Tallandier, 2008.

La Cour des dames, t. 1, *La régente noire*, Flammarion, 2007 ; t. 2, *Les Fils de France*, Flammarion, 2008 ; t. 3, *Madame Catherine*, Flammarion, 2009.

Gérald Van der Kemp. Un gentilhomme à Versailles, Perrin, 2005.

Bordeaux. Grands crus classés, Flammarion, 2004, rééd. 2017.

La Grande Époque des sports d'hiver, Le Chêne, 2003.

Ils ont sauvé Versailles. De 1789 à nos jours, Perrin, 2003.

Parfums. L'empire d'un sens, Plume, 2002.

Bruges, invitation au voyage, Flammarion, 2001.

Le Bal des ifs. Mémoires amoureux de la marquise de Pompadour, Flammarion, 2000.

Jacques Garcia ou l'Éloge du décor, Flammarion, 1999, rééd. 2005.

Franck Ferrand

L'année de Jeanne

Conte politique

PLON
www.plon.fr

92, avenue de France
75013 Paris
Tél. : 01 44 16 09 00
Fax : 01 44 16 09 01
www.plon.fr
www.lisez.com

Mise en pages : Facompo, Rouen
Dépôt légal : octobre 2020
ISBN : 978-2-259-26842-4

Cœur : nom masculin.
[...]
III. 4. Courage, vertu, fermeté d'âme.
Avoir du cœur. Haut les cœurs !
Ils ont fait montre de beaucoup de cœur.
Ils marchaient d'un cœur assuré.
Travailler avec cœur.

Dictionnaire de l'Académie française
9e édition

À cœur vaillant, rien d'impossible.
Devise de Jacques Cœur (1395-1456)

J'attaque en téméraire un bras toujours vainqueur ;
Mais j'aurai trop de force, ayant assez de cœur.

Pierre Corneille, *Le Cid*
Rodrigue, acte II, scène II

Bien qu'on ait du cœur à l'ouvrage,
L'Art est long et le Temps est court.

Charles Baudelaire, *Les Fleurs du mal*
XI – « Le Guignon »

Cœur et courage font l'ouvrage.
Proverbe français

AVANT-PROPOS

La France d'aujourd'hui est dynamique, prospère, libre et souveraine ; elle jouit d'une harmonie sociale presque parfaite. Il n'en a pas toujours été ainsi. Me reportant quelque cinquante années en arrière, je me souviens qu'au temps de ma jeunesse, en 2020, personne n'aurait imaginé pour elle cet heureux dénouement. Le début du XXIe siècle avait vu le pays, telle une moderne Byzance, perdre confiance en ses forces. Encombrés plus ou moins de son histoire, gênés par une actualité malheureuse, nos parents et grands-parents redoutaient l'avenir. Des experts chagrins, des gouvernants de peu les avaient persuadés que la France était devenue trop petite. La nation – pour user d'un terme alors suspect – ne croyait plus en elle-même ; elle donnait l'impression d'avoir perdu son âme. Ses repères s'étaient brisés sur la censure et l'autocensure, dilués dans le relativisme, effacés sous l'accumulation des repentirs… Tout allait de travers. Pour n'évoquer, à titre d'exemple, que la valeur primordiale du travail, il n'était pas rare, en ce temps-là, qu'un grand patron – pour ne rien dire de l'actionnaire indifférent – gagnât deux cents fois plus qu'un salarié dévoué, ou qu'un chômeur, à ne rien faire, fût mieux rétribué qu'à se donner du mal. Le cœur manquait à l'ouvrage ; partir en week-end, faire le pont, poser un congé, attendre des vacances, *mais aussi* récupérer des heures *ou* s'octroyer une année sabbatique *: de tels infimes relâchements, et de mille autres, se nourrissait le déclin majeur.*

À la tête de cette France en perdition, une classe politique jacassière avait abdiqué le vrai pouvoir. Juste au-dessous d'elle – ou juste au-dessus – un bataillon de commis anonymes, obsédés de ratios et d'indices, s'agrippait à une monnaie, l'euro, si forte qu'elle paralysait tout. Cette oligarchie du pauvre achetait la paix sociale au prix d'une fiscalité sans mesure et d'un endettement sans limites – nous continuons d'en faire les frais. Une épaisse forêt d'allocations et de prestations, fertile en paperasserie, nourrissait bien des profiteurs, sans parvenir à masquer l'effondrement de l'école, l'écroulement de l'hôpital, la paupérisation des services publics les plus nécessaires, ainsi que l'abandon de monuments livrés à la ruine. À tout propos, l'échelon local était sommé de pallier les manquements de l'État. Avec cela, nulle industrie encore autonome, peu d'agriculture non subventionnée, aucun service vraiment indépendant des géants d'Internet... La population observait, impuissante, l'hémorragie de ses jeunes talents, attirés par des contrées plus prometteuses, en même temps que l'irruption, sur son propre sol, d'arrivants trop nombreux pour être accueillis dignement, et intégrés. Partout, des campagnes enclavées, de moins en moins vivantes, disputaient à des banlieues détachées, de plus en plus violentes, la palme du délaissement.

Misère et pitié d'une société sous hypnose... Un petit club de nantis profitait grassement du désastre, aidé jusqu'à l'absurde par une vaste coterie d'enchanteurs. Quant à la multitude, elle acceptait tout, de plus ou moins bon gré, au nom d'une mondialisation vécue comme inévitable. Et cependant il y avait des gens éveillés. Même si la plupart des médias focalisaient l'attention de la foule sur le terrorisme endémique, le réchauffement du climat et certains risques sanitaires, ce qu'il restait de conscience aux personnes lucides refusait de laisser, sans réagir, mourir la France. Car c'est bien de cela qu'il était question ; les plus âgés s'en souviendront avec douleur ; quant aux plus jeunes, ils s'étonneront que notre pays, de nouveau si bien portant à l'heure actuelle, soit parvenu à remonter la pente abrupte d'un tel ravin.

En ces temps malheureux, des jacqueries avaient instillé dans la société le germe du chaos. Les fauteurs de troubles, au départ issus d'un peuple méprisé, avaient dû leur appellation de Gilets jaunes *à l'accessoire routier dont ils avaient fait leur panache. Récupérant cette colère, des syndicats de blocage en avaient sciemment attisé les feux. C'est donc sur un organisme affaibli que s'abattit, à la fin de l'hiver 2020, le légendaire coronavirus – et, plus méchant encore, le remède adopté contre lui… Piégées par le sous-équipement des unités de soin, et n'osant stigmatiser personne, les autorités décrétèrent un confinement indifférencié, propre à miner le pays aussi sûrement qu'une guerre. Pourtant, à l'époque, la dimension géopolitique de la catastrophe échappa grandement aux observateurs, effrayés qu'ils étaient de passer pour* complotistes.

Ce qui, dans cette mauvaise passe, choqua plutôt les Français, ce furent l'impréparation des services, l'insincérité des dirigeants, l'immodestie des scientifiques, l'insuffisance enfin de la solidarité européenne. Surtout, ce fut le bilan : la France se révélait un des pays les moins résistants au virus, en même temps qu'un de ceux dont l'économie lui paierait le tribut le plus lourd. On avait eu beau laver le cerveau des confinés, *et les faire applaudir dans le vide, chaque soir, depuis leurs fenêtres, tandis qu'un rond-de-cuir égrenait comme une obsédante litanie le nombre des victimes, la crise avait révélé, comme un diagnostic, les tares du moment : embolie technocratique et thrombose administrative, fracture du corps social, sans parler de la fièvre de l'information en continu et de la diarrhée des réseaux sociaux.*

Un pan de l'opinion se mit à regretter la souveraineté perdue et le temps béni où la France possédait la maîtrise de ses frontières, de ses productions stratégiques et de sa politique monétaire ; un autre souligna combien le culte de l'argent, l'obsession de la croissance et la verticalité de l'action publique se trouvaient punis. Certains en appelaient à l'insurrection citoyenne ; d'autres, à la mise en cause d'une vie par trop marchande… Aussi bien chacun tirait-il à lui la conclusion, mais en se persuadant un peu vite que tout allait changer. Il n'en fut rien : alors que les visages disparaissaient derrière des masques, l'errance coutumière reprit, plus paresseusement peut-être, son cours lamentable. Seul le viol des intimités, institué sous couvert de précaution, avait progressé d'une façon préoccupante. Aux angoisses des plus exposés vint dès lors s'ajouter le désarroi des mieux lotis, avec le sentiment partagé que personne, en définitive, ne ferait plus machine arrière. En somme, les attentes les mieux fondées s'étaient fracassées sur l'inertie du système.

La colère du peuple fut d'abord mise sous le boisseau, du fait de revendications raciales importées d'Amérique, puis de la poussée écologiste au sein des grandes villes, lors des municipales de juin. Elle n'en fut que plus retentissante et, vers la fin de cette année calamiteuse, s'exprima dans un regain des Gilets jaunes. *En dépit d'aides publiques consenties au prix fort, des groupes de chômeurs et de travailleurs en souffrance se retrouvèrent sur le pavé, où leur soulèvement spontané devait faire corps avec celui de certaines banlieues. Des groupes hétéroclites s'attaquèrent une fois encore aux équipements publics, aux sièges de sociétés, aux vitrines de commerces – pour ne rien dire des innombrables domiciles, pillés dans le sillage d'émeutiers déchaînés… La pénurie régnant dans la police et dans l'armée autant qu'ailleurs, sinon davantage, ces désordres se répandirent sans véritable obstacle, semant la peur.*

Remanié pour la forme, le gouvernement pensa naïvement qu'il apaiserait les tensions en recourant toujours plus au crédit. Mal lui en prit. Sans consulter la population, on avait engagé solidairement la France dans un emprunt de toute l'Union européenne, instituant de fait un fédéralisme auquel, en droit, les plus militants s'étaient refusé jusqu'alors. Or, de ce festin de dettes, la France ne recueillait que les miettes ; il lui fallut donc contracter aussi pour son compte. Seulement les marchés redoublèrent d'inquiétude ; la Finance sonna la retraite : les taux d'intérêt grimpèrent plus vite qu'on ne l'aurait pensé ; la perspective d'une banqueroute de l'État se dessina de nouveau, et l'on reparla de taxer l'épargne… Pourtant, ce n'est qu'au printemps, lorsqu'il fut patent que les banquiers de Francfort, loin de se montrer bons princes, s'érigeaient en réviseurs de comptes, que les catégories privilégiées donnèrent le sentiment d'ouvrir les yeux, rompant le sort : cadres, dirigeants et professeurs – jusque-là favorables à cet ordre européen qu'unifiait la puissance allemande – basculèrent dans la contestation.

Tout cela, de nos jours, paraît à peine croyable ; mais pour les malheureux Français de ces temps maudits, les abus, les revers, les désastres étaient devenus monnaie courante ; ils n'engendraient chez eux, le plus souvent, que lassitude et résignation. Autour des grandes villes s'étaient mises à prospérer les zones dites de non-droit, *tandis qu'à l'orée des campagnes poussaient comme des champignons les zones dites* à défendre. *La violence, là-dedans, fit son lit. D'échauffourées en guet-apens, et de coups de force en confrontations rangées, l'année 2021 offrit l'effarant spectacle d'un pays à feu et à sang. Tout y souffrait, tout y gémissait… La moindre décision se heurtait à des remparts d'incompréhension ; le plus petit expédient sombrait dans des fossés de méfiance. Il est vrai qu'avec deux ans de retard l'opinion avait fini par découvrir l'existence du* honteux traité *d'Aix-la-Chapelle – ainsi qualifié, de nos jours, par référence au* honteux traité *de Troyes, six siècles plus tôt. Ivresse des abîmes. En butte à la plus viscérale hostilité, l'exécutif et ses relais brisés devenaient, chaque jour davantage, la cible des émeutes ; aussi fallut-il, en toute hâte, avancer l'échéance pourtant prochaine ; et c'est peu dire qu'on accueillit avec soulagement la démission du chef de l'État, annoncée lors des vœux du 31 décembre 2021.*

Courte, brouillonne, la campagne pour l'élection présidentielle des 30 janvier et 13 février 2022 bouscula de fond en comble le paysage politique – une fois de plus… La majorité sortante avait perdu ses soutiens ; pour autant l'opposition peinait à mobiliser les siens : la gauche modérée n'existait plus en tant que telle ; la droite libérale sortait meurtrie des dix-huit mois passés. Quant à la candidate qui se disait patriote et populaire, *jusqu'alors en tête des intentions de vote, elle commit une maladresse folle, aussitôt montée en épingle par les médias. Elle s'en trouva distancée par deux concurrents atypiques, choisis surtout, dans leurs* *camps respectifs, pour leur intégrité. Cette élection, en fin de compte, devait se jouer sur la question cruciale de l'Europe ; de fait, une mouvance écolo-progressiste, plutôt favorable à Bruxelles, se retrouvait face à une alliance de souverainistes, forcément plus critique envers l'Europe, quoique tétanisée à l'idée d'un retrait pur et franc. Cette dernière fit la course en tête et rallia suffisamment d'*eurosceptiques *pour l'emporter d'une encolure – mais sans pouvoir se doter, dans la foulée, d'une majorité absolue à l'Assemblée.*

L'un des chroniqueurs de ces temps obscurs écrivit avec fatalisme : « Les Français réclament un cap, mais leur goélette n'a plus guère de choix qu'entre le naufrage et l'échouage. » Le nouveau capitaine, mal élu, se défaussa sur son second – une seconde, en l'occurrence… La Première ministre, sourde aux mises en garde, sonna trop vite le branle-bas. Les mesures énergiques qu'elle décréta par ordonnances auraient pu, quinze ans plus tôt, remettre à flot le navire ; elles ne firent alors qu'accentuer sa gîte. Or, sur tous les ponts, dans toutes les cales, de menaçants tas de poudre n'attendaient plus que l'étincelle. Ce fut pour l'entrée de l'été : elle survint sous les espèces d'une réforme inique. Se conformant, en dépit des promesses, à une directive européenne – elle-même dictée par quelque lobby –, *on prétendit mener à la schlague une rationalisation des collectivités locales. Les restrictions imposées, brutales, suscitèrent l'indignation des élus et la colère des électeurs – ou, pour mieux dire, des administrés, la plupart ne se déplaçant plus pour voter… Les maires, par qui l'édifice politique tenait encore, bon an mal an, furent nombreux à démissionner.*

*Plusieurs vastes agglomérations, cernées de quartiers éruptifs, rêvaient de se doter d'une autonomie de sauvegarde. Forts de l'*intercommunalité, *leurs roitelets souhaitaient couper avec l'État un lien déjà distendu. Ressurgissaient ainsi des aspirations d'un autre âge – celui des féodalités… Nantes et Rennes ne tarderaient plus à se disputer l'ancien duché de Bretagne ; Toulouse et Bordeaux, l'ancien duché d'Aquitaine… À la surprise générale, c'est Strasbourg qui, la première, sauta le pas. Durant l'été 2022, un groupe factieux de sensibilité* zadiste, *grossi d'éléments plus radicaux encore, y avait infiltré un énième mouvement de* Gilets jaunes *– avec les débordements qu'on imagine, et des brasiers sans nombre. La majorité locale, écologiste et pro-européenne, attendit du préfet une reprise en main qui ne vint pas. D'où l'appel désespéré de l'*Eurométropole *au secours politique de Bruxelles ! La Commission commença par faire la sourde oreille, suivant la conduite qu'elle avait adoptée, cinq ans plus tôt, à l'égard des tenants de l'indépendance catalane ;*

mais comment ignorer longtemps la détresse de partisans sincères, qui en appelaient à sa caution pécuniaire et morale ? Le fait est que Paris, dépassé sur tous les plans, s'interdit de contrer l'audacieuse initiative, comme il s'était abstenu de combattre l'insurrection.

Ainsi, précédent inouï, une grande ville menaçait ouvertement d'échapper à la souveraineté nationale. Dans le tumulte engendré, sur tout le territoire, par les prodromes d'une guerre civile, l'événement aurait pu passer inaperçu. Seulement les chaînes d'information étaient là, qui faisaient tout le mal possible... Ressassant en boucle l'ambition séparatiste de Strasbourg, elles insufflèrent des ambitions malsaines à d'autres métropoles, accélérant ce délitement qu'a retenu l'Histoire sous le nom de Déconfiture *– le terme devait s'imposer en seulement quelques jours. De sorte que les échotiers qui, deux ans plus tôt, avaient chanté les mérites du confinement, puis ceux du* déconfinement, *clamaient cette fois,* urbi et orbi, *que le pays, victime collatérale d'un virus oublié du reste du monde, s'acheminait vers le terme de son histoire millénaire.*

C'est alors que, des lointains confins de la France, s'éleva la voix qu'attendait, sans trop y croire, un peuple perdu – voix juvénile, pleine de bon sens, et dont j'aurai cent occasions de montrer qu'elle se gardait de tous les dogmes. S'il fallait résumer son message, je dirais qu'elle préférait la raison à l'émotion, le réel au virtuel et le naturel à l'artificiel, ainsi que – mais cela procédait d'une inspiration distincte – le collectif à l'individuel. Une rumeur, nourrie à l'envi par les internautes, annonça que, du haut de ses dix-huit ans, une illustre inconnue, Jeanne-Antide Aubier, allait relever la bannière. Venue de sa Nouvelle-Calédonie natale, cette providentielle jeune fille semblait se donner pour priorité d'inciter un président débordé, et que d'aucuns disaient bien parti pour rejoindre son devancier dans les oubliettes du siècle, à reprendre les rênes du char français.

Alors jeune chargée de mission à l'Élysée, je fus placée par les circonstances au poste d'observation idéal. Aussi bien j'eus tout loisir, depuis la coulisse, d'observer cette gamine inspirée, de l'écouter, de la comprendre. De l'aider aussi, parfois. Or, d'emblée, par une chance inespérée – à moins que ce ne fût la conscience précoce de ce qui était à l'œuvre –, j'eus le réflexe d'enregistrer quelques-uns de ses échanges avec toutes sortes d'interlocuteurs, connus ou inconnus. Certes, bien des sites Web ont publié depuis, quoique de façon tronquée, des reconstitutions de ces dialogues, devenus historiques ; néanmoins, c'est la première fois qu'on les trouvera réunis en bon ordre, dans leur version intégrale – recopiés tout droit de mes transcriptions sur le vif. J'aurais pu les proposer sans commentaire à la curiosité du public ; il m'a paru, un demi-siècle après, qu'ils auraient plus de sens encore, resitués dans le contexte agité qui les avait vus naître. Les voici donc pleins de leur sève native, aussi percutants pour nous, je crois, qu'ils l'étaient pour nos pères et nos mères, en 2022.

Anissa At Aissa
La Foa, automne 2070

1
L'ENFANT DE LA FOA

La seule façon de ne pas rater un train
est de manquer celui d'avant.
G. K. Chesterton[1]

Jamais je n'oublierai l'impression que m'a faite Jeanne-Antide Aubier, la première fois que je l'ai vue : un mélange d'attirance et d'étonnement, teinté de cette pointe d'irritation que peuvent susciter les êtres sûrs d'eux. C'était à Nouméa, en octobre 2022 – donc au plus fort de la *Déconfiture*. J'exerçais alors mes talents de plume au service du nouveau président –, mais, à la vérité, les discours qu'il n'écrivait pas en personne étaient rédigés, d'après mes notes, par son conseiller spécial. Mes

1 Les exergues de tous les chapitres sont de Chesterton, l'auteur préféré de Jeanne-Antide Aubier.

fonctions relevaient de ce dernier, et c'est lui qui m'avait expédiée aux antipodes, lorsque les troubles lui avaient semblé rendre Paris trop dangereux. Dans le flottement général, mon rôle n'avait pas été clairement défini, et mes objectifs, à mon arrivée sur le *Caillou*, demeuraient flous. Disons que, sur place, l'intermède entre deux référendums réclamait certains ajustements.

Ce matin-là, lors d'un entretien à bâtons rompus chez le nouveau représentant de l'État, il avait été question du scepticisme de nos Français du bout du monde à l'égard de l'exécutif issu des urnes de février. Au nombre des rares personnalités locales à soutenir le président récemment élu, je relevai le cas d'une jeune fille inconnue, dont le nom avait été prononcé deux fois au moins : *la jeune Aubier*. Comme je priais le haut-commissaire de m'éclairer à son sujet, il me répondit dans un soupir :

— Vous voyez Greta Thunberg ? Eh bien, c'est un peu le même genre, en beaucoup moins écolo… Plutôt versée dans le roman national… Bref, une ado prépubère, imbue de sa petite personne, et qui se croit missionnée pour aller trouver le *PR* et le convaincre de « sauver la France, au nom du Sacré-Cœur » !

— *Missionnée*, dites-vous ; mais par qui ?

— Aucune idée, ma chère ! Sans doute par elle-même…

Ce mépris de proconsul me parut déplacé, pour le moins. Et sans que je puisse me l'expliquer, je fus saisie de l'impérieux besoin de rencontrer Jeanne-Antide Aubier.

Les bureaux du Haut-Commissariat s'activaient encore, à la différence de la plupart des administrations de métropole ; ils me fournirent dans l'heure une notice biographique, d'ailleurs des plus mince. J'y appris tout de même qu'en fait d'ado prépubère la jeune femme venait d'atteindre la majorité et qu'elle étudiait la littérature anglaise à l'université de Nouvelle-Calédonie. En mars 2022, quoique mineure, elle avait fait des pieds et des mains pour rencontrer le haut-commissaire de l'époque et le sommer de la recommander au tout nouveau chef de l'État. La fiche précisait qu'elle se croyait investie d'une mission : « redonner confiance au Président, et le convaincre de rendre aux Français la maîtrise de leur destin ». Depuis lors, elle était plusieurs fois revenue à la charge, harcelant le secrétariat, et affirmant devoir se rendre à Paris à tout prix, sans disposer des ressources nécessaires. La notice s'achevait sur ces mots incongrus : « Une véritable plaie. »

Je comptais à la Sécurité intérieure un camarade de promotion, que j'avais pris l'habitude de solliciter pour un oui, pour un non :

— C'est encore Anissa. J'aurais besoin d'infos sur une jeune Néo-Calédonienne du nom de Jeanne-Antide Aubier.

— Mais qu'est-ce que vous avez tous avec cette fille ?

— On t'a déjà parlé d'elle ?

— J'ai cru comprendre qu'elle intéressait pas mal de monde.

Le fichier de la DGSI était plus détaillé, mais pas moins tranché que le précédent : la jeune Aubier y était présentée sous les traits d'une « activiste en puissance, à surveiller ». Précision de taille – et qui, étrangement, semblait n'avoir pas retenu l'attention du Haut-Commissariat : Jeanne avait, vers l'âge de douze ans, perdu la vue ! C'était donc une éloquente aveugle qui, depuis le printemps 2022, réunissait tous les vendredis, au kiosque de la place des Cocotiers, des auditeurs toujours plus nombreux. D'origine européenne pour la plupart, ils avaient quelque propension à devenir ses adeptes. Elle-même était fille d'un îlien de fraîche date, originaire de métropole – un *zoreille*, selon l'appellation locale –, venu s'installer à Nouméa en l'an 2000. L'hôtelier Serge Aubier avait géré un restaurant, avant de se marier puis de faire souche, trois ans plus tard, à La Foa, province du Sud, sur la côte ouest de l'île. Son assez modeste établissement – vingt-deux bungalows – était bien noté par les sites de tourisme. Avec sa femme, Julie, d'origine charentaise, il avait eu deux fils et une fille, Jeanne-Antide, née le 15 août 2004 – un 15 août, comme Napoléon, ou comme Jeanne-Antide Thouret, cette religieuse dont elle portait le prénom, et dont j'allais finir, un jour, par trouver qu'elle lui ressemblait un peu. Voilà qui suffisait amplement à préparer une prise de contact.

Le fichier m'avait aussi fourni un renseignement bien utile : Jeanne-Antide Aubier résidait non loin du Haut-Commissariat, dans une maison d'hôtes que tenaient un garagiste et sa femme. Je m'y présentai sur les coups de midi. C'est la logeuse qui me reçut :

— Jeanne ? Un phénomène, celle-là ! En tout cas, une gosse pas comme les autres… Travailleuse, toujours à écouter ses audiolivres, ou à déchiffrer son braille… Parce qu'elle a perdu la vue, vous êtes au courant ?

— On me l'a dit.

— Jeanne possède un avis sur tout. Et que je critique les politiques, et que je raconte ce qu'il faudrait faire pour sauver le pays... C'est qu'elle en réunit, du monde, le vendredi !

La dame se rapprocha de moi et, d'un ton soudain assourdi :

— Possible que sa maladie l'ait perturbée... Vous savez qu'elle se pense investie d'une mission ?

— *Une mission* !

— Mais oui : elle est convaincue, cette petite, d'avoir un rôle à jouer dans l'Histoire. Avec un grand H, si vous voyez ce que je veux dire.

Je demandai à rencontrer le phénomène, ce qui, au vu de ma carte de visite, ne fut pas difficile. La logeuse disparut quelques minutes, avant de me faire entrer dans une vaste pièce plutôt fraîche, aux murs tout blancs, au sol carrelé rouge et brun : sobre studio d'étudiante, ouvrant sur un jardin.

Une toute jeune femme aux cheveux châtains, coiffés au bol, et que je ne vis d'abord que de dos, se trouvait dans le coin repas. Penchée sur les entrailles d'un lave-vaisselle, elle extrayait de la machine, avec autant de doigté que de concentration, des verres étincelants de propreté. Je dis bonjour, tirai une chaise et m'assis à une table ronde, vers le milieu de la pièce. La jeune aveugle ne se retourna qu'après un moment ; rien ne protégeait ses yeux gris de lin, d'un calme sidérant. Le visage de Jeanne, assez pâle, respirait la sérénité ; mais quelque chose d'un peu sévère, d'un peu tendu, me parut interdire toute familiarité. Manifestant une assurance que j'allais apprendre à aimer, la jeune fille affecta d'abord d'ignorer mes politesses. Comme indifférente à ma présence, elle se mit à marmonner quelque chose au micro de son *smartphone*, avant de plaquer le petit engin à son oreille, pour écouter ce qui devait être une réponse à sa question. Sans être grande, elle me parut de proportions harmonieuses, avec de jolies mains. Je lui demandai la permission d'immortaliser notre entretien et, en l'absence de réponse, enclenchai l'enregistreur.

Notre dialogue ne s'engagea qu'après d'interminables minutes, par un mensonge de ma part et, de la sienne, par une impertinence.

PREMIER DIALOGUE

Moi – C'est le haut-commissaire qui m'a conseillé de vous rencontrer.

Elle – Parce que tu as besoin qu'on te dise qui voir ?

Moi – Il semblerait que vous ayez, sur la *Déconfiture*, un point de vue de nature à nous éclairer. Dans la mesure où…

Elle – Tu parles comme une énarque.

Moi – … Et cela vous dérange ?

Elle – Chacun parle sa langue.

Moi – Jeanne-Antide, j'aimerais vous…

Elle – Ah, tu m'appelles Jeanne-Antide ? Je ne t'ai pas appelée Anissa.

Moi – C'est vrai. Cependant vous m'avez tutoyée d'emblée !

Elle – Pardon, je ne sais pas faire autrement.

Moi – Et d'abord, comment savez-vous qu'Anissa est mon prénom ?

Elle – *Google* ! Écoute !
(Elle actionna le haut-parleur, pour me faire profiter du message.)
« Anissa At Aissa, trente ans, chargée de mission à la présidence de la République, est arrivée lundi à Nouméa. » Tu vas m'emmener ?

Moi – Vous emmener où ?

Elle – À Paris ! À l'Élysée ! Voir le Président ! C'est important, tu sais ?

Moi – Non, justement, je ne sais pas. Qu'avez-vous à lui dire, au Président ?

Elle – Si ça te regardait, tu le saurais déjà.

Moi – Quelque chose me dit que vous allez devoir apprendre comment fonctionne *le Château*. Figurez-vous qu'avant d'être reçue par le chef de l'État – ou par un de ses conseillers – vous allez devoir montrer patte blanche.
Donc, si vous voulez que je vous conduise jusqu'à Paris, il va falloir tout me dire.

Elle – Je ne te dirai rien et tu m'y conduiras quand même.

Moi – Vous paraissez bien sûre de vous !

Elle – C'est que je fais des songes prémonitoires... Ce serait long à raconter. D'ailleurs, tu ne me croirais pas.

Moi – Essayez toujours, j'ai tout mon temps.

Elle – Moi pas. Le temps presse. La France est en train de se disloquer. Je dois rencontrer le Président et lui dire certaines choses qui pourraient changer la situation.

Moi – Vous parlez comme si vous aviez entendu des voix !

Elle – On me l'a déjà dit.

Moi – Il se trouve que j'ai fait des études d'histoire, et que mon mémoire de maîtrise portait sur deux prophètes de mission : Thomas Martin, de Gallardon, et Claire Ferchaud, de Loublande.

Elle – Ils entendaient des voix, eux aussi ?

Moi – Thomas est venu parler au roi Louis XVIII en 1816 ; Claire, au président Poincaré en 1917. Disons que tu t'inscris peut-être dans leurs pas… Jamais deux sans trois…

Elle – Pardon, mais quelle est ta place, dans l'organigramme ?

Moi – *Dans l'organigramme* ! C'est vous, à présent, qui parlez comme une énarque… Je suis au service du conseiller spécial.

Elle – Et cela inclut le service de la France ? Tu l'aimes, ce pays ? Tu pourrais te sacrifier pour lui ? Parce que, si c'est le cas, j'aurais besoin que tu m'aides.

Moi – Pourtant, si vous ne m'en dites pas davantage sur vos intentions, j'ai bien peur…

Elle – Désolée, mais à toi, je ne peux rien dire. Tu ne t'es même pas présentée, tu ne m'as donné aucune raison de te parler à cœur ouvert.

Moi – Vous avez la meilleure de toutes : je travaille pour le Président.

Elle – En ce cas, pourquoi perdre un temps précieux ? Conduis-moi jusqu'à lui !

Moi – Et vous allez tutoyer de la même façon le président de la République ?

Elle – Je ne sais pas faire autrement.

Moi – Jeanne-Antide, pourquoi ne me diriez-vous pas, pour commencer, ce qui vous persuade d'être investie d'une mission ?

Elle – Je vais essayer d'être concise : chez nous, au temps du coronavirus, on a eu peu de cas ; mais le pouvoir local, pour faire comme tout le monde, a décrété un confinement d'un mois. Un jour de soleil, autour de midi, l'hôtel de mes parents étant vide, je me suis assise, seule, au bord de la piscine, les jambes dans l'eau tiède. Et là, d'un coup, dans ce qui n'était pas tout à fait un rêve, j'ai senti fortement, très fortement que l'on comptait sur moi pour aller dire aux gens, là-bas, en métropole, qu'ils faisaient fausse route. Il leur fallait se ressaisir, vous comprenez ? Mais je n'avais que seize ans, tout me semblait compliqué ; je n'ai pas su comment m'y prendre – les choses en sont restées là. Disons que j'avais manqué l'avion. Chesterton disait…

Moi – Chesterton ?

Elle – Peu importe, je m'égare. Il y a six mois environ, dans le même genre de songe, je me suis vue à Paris, cette fois, chez le nouveau président ! Lui donnant confiance en sa mission, lui indiquant, avec des mots limpides, comment faire pour sauver un pays menacé de mort. En attendant, j'ai senti qu'il fallait que je m'exprime – alors, toutes les semaines, je parle aux gens, depuis le kiosque… L'avion est là, de nouveau ; et cette fois, il faut que je le prenne. Les mots de mes songes tournent dans mon esprit.

Moi – Ce sont ces mots-là que j'aimerais entendre !

Elle – Sauf que tu n'es pas encore présidente.

Moi (*en riant*) – *Pas encore* ? *Vous voulez dire que, selon vos songes, j'aurais une chance de le devenir un jour* ?

Elle – Peu importent mes songes, puisque tu n'y crois pas.

Moi – Mais si, Jeanne-Antide, je vous crois !

Elle – Tu ne me crois pas, mais tu aimerais me croire. Je lis en toi.

Moi – Et... vous avez déjà mis les pieds en métropole ?

Elle – Une fois. J'ai séjourné en Charente. Mais j'étais petite, je ne me rappelle pas grand-chose.

Moi – Dans ce cas, comment prétendez-vous analyser, aider, pour ne pas dire sauver un pays que vous ne connaissez que par des *on-dit*, des reportages ou des lectures ? Un pays qui se trouve à près de 17 000 kilomètres d'ici !

Elle – J'aime cette nation comme on aime une mère. *(Je songeai au cri du général de Gaulle : « Ah, mère, tels que nous sommes, nous voici pour vous servir ! » Si Jeanne m'en avait laissé le temps, j'aurais aimé retrouver pour elle cet extrait des* Mémoires de guerre, *et ouvris mon sac pour en extraire le carnet où je consignais, depuis des années, les passages inspirants de textes variés... Mais, déjà, elle s'était levée, me priant de l'accompagner sur l'étroite terrasse qui, à l'arrière du bâtiment, dominait le plus inattendu des beaux jardins. Nous nous assîmes sur les marches, sans façons, comme deux amies... Un très grand caniche royal, de la taille d'un mouton, vint à sa rencontre : « Voici Argos! me dit sa maîtresse; c'était le nom du chien d'Ulysse, qui avait attendu pour mourir le retour de son maître à Ithaque... » Comme s'il comprenait, l'animal vint loger sa tête entre ses mains. Sous nos yeux, par-delà une pelouse bien fournie, l'épaisse végétation déployait comme un rideau de verdure.)*

Elle – À moi de te poser une question, maintenant : si je te demandais, en quelques mots, de me dire de quoi souffre le peuple français, qu'est-ce que tu répondrais ?

Moi – Vaste sujet... Par où commencer ? Il est certain qu'en France il existe un divorce entre le peuple et les élites. Il faudrait aussi parler d'une crise d'identité, liée peut-être à la cohabitation difficile de plusieurs communautés aux façons de vivre différentes – la mienne en fait partie... Et puis, bien sûr, de la crise financière, du coût du travail, de la dette publique, du déficit des comptes sociaux... Mais j'imagine que, si vous me posez la question, c'est que vous avez votre petite idée de la réponse !

Elle – Voici ce dont le peuple français me paraît souffrir essentiellement : la lâcheté. La paresse. La lâcheté. La paresse. Et puis, ne l'oublions pas : la lâcheté.

Moi – D'accord… Pas vraiment politique, comme vision…

Elle – Très politique, au contraire ! Au sens noble. Tu vas m'emmener ?

Moi – Vous êtes du genre tenace !

Tiré de mon carnet de citations : Il existe, pour les comportements humains, un équivalent du principe d'entropie des physiciens. La facilité l'emporte volontiers sur la difficulté, et la pente naturelle de l'être humain le conduit à la paresse et à la lâcheté. Emmanuel Kant l'a dit clairement : « *La paresse et la lâcheté sont les causes qui font qu'un aussi grand nombre d'hommes préfèrent rester mineurs leur vie durant, longtemps après que la nature les a affranchis de toute direction étrangère ; et ces mêmes causes font qu'il devient si facile à d'autres de se prétendre leurs tuteurs. Il est si aisé d'être mineur !* » Les douces tyrannies d'aujourd'hui ont beau jeu d'en tirer parti… « *Avec un livre qui tient lieu d'entendement, un directeur de conscience qui me tient lieu de conscience, un médecin qui juge pour moi de mon régime, etc., je n'ai vraiment pas besoin de me donner moi-même de la peine. Il ne m'est pas nécessaire de penser, pourvu que je puisse payer ; d'autres se chargeront bien pour moi de cette ennuyeuse besogne. »*

Elle – C'est oui ou c'est non ?

Moi – Oui, enfin peut-être… Je ne sais pas encore… Je vais voir ce que je peux faire…

Elle – Est-ce que tu aimes l'effort ?

Moi – *L'effort* ! Il me semble que c'est la condition du succès…

Elle – Au vrai, ma question était : est-ce que tu aimes l'effort, plus que le confort ?

Moi – *Plus que le confort* ? Je ne sais pas.

Elle – C'est la seule question qui compte. Je crois que le monde se divise en deux : la majorité qui préfère le confort à l'effort, la minorité qui fait primer l'effort sur le confort. Je ne peux m'entendre qu'avec les gens qui ont du cœur.

Moi – Les gens sensibles et généreux…

Elle – Les gens courageux.

Moi – Je commence à comprendre où vous conduisent vos songes.

Elle – Quoi que VOUS pensiez de mes songes, Anissa, sachez que VOUS avez dans VOS mains le pouvoir de tout changer.

Sur cet oracle en forme de défi s'était achevé mon premier échange avec celle que, bientôt, on allait surnommer *l'enfant de La Foa*. J'étais ressortie du jardin par le studio et m'éloignai de ce grand garage, convaincue d'avoir rencontré une personne plus mûre, plus lucide, infiniment plus cultivée que ne l'auraient laissé prévoir son âge et ses fiches de renseignement – une conscience vieille, en somme, et singulièrement éveillée. Regagnant mon hôtel, je réalisai qu'elle n'avait rien proposé pour me sustenter – pas même un verre d'eau !

C'est d'autre chose qu'elle m'avait nourrie.

Le soir même, je me démenai pour que le haut-commissaire lui permît de s'envoler aux frais de la République. Non vers Paris – cela semblait prématuré – mais en direction de Tahiti. Il se trouvait en effet que le secrétaire général de la présidence devait passer là-bas quelques jours. Mon patron avait confiance en cet homme issu de la diplomatie et du renseignement. Aussi était-ce lui qui devrait autoriser ou non ma prophétesse à suivre son destin. Et à changer le nôtre.

2
Nihil obstat

C'est aux inconnus que l'on parle toujours
des choses les plus importantes.

Deux jours avant de quitter Paris pour Nouméa, j'avais eu le plus déprimant des entretiens avec le conseiller spécial du Président, dans un restaurant à colonnes du rond-point des Champs-Élysées. Mon patron, d'humeur plus sombre encore que de coutume, n'y était pas allé par quatre chemins :

— Tout est foutu ! m'avait-il lancé en guise de préambule, faisant danser dans son verre un grand vin, couleur de sang. On est arrivés trop tard !

J'avais eu beau chercher, dans les enquêtes d'opinion ou le baromètre boursier, matière à lui redonner un semblant d'espoir, *l'homme qui parlait à l'oreille du Président* – comme l'avaient surnommé les médias, au lendemain de l'élection – semblait découragé, sans remède. Il est vrai qu'en ces jours de *Déconfiture*, la sécession attendue de Strasbourg promettait de révéler au monde entier l'état de décomposition de la République, pour ne rien dire de la faiblesse du *Grand Chef*, comme nous l'appelions entre nous.

— Je vous ai donné rendez-vous ici, lâcha le patron à mi-voix, parce que, là-bas, les murs ont des oreilles…

Il avait eu un coup de menton en direction du palais voisin. Puis il me confia, dans ce qui ressemblait de plus en plus à un râle :

— Le *Grand Chef* veut s'en aller.

— Vous voulez dire qu'il songe à démissionner ?

— Je veux dire qu'il aimerait quitter le territoire, et cherche auquel de nos alliés demander un asile fiable. J'ai beau lui prêcher la patience, lui rappeler que des villes aussi puissantes que Lyon, Bordeaux et même Marseille nous restent à peu près fidèles, son mutisme prouve qu'il doute…

— On parlait ce matin, à la radio, d'une offensive à Marseille d'un parti ouvertement musulman…

Il me foudroya du regard :

— Ne changez pas de sujet ! S'il part, le gouvernement ne pourra pas se maintenir. Et d'autant moins que *la Folle* (*il appelait ainsi la Première ministre*) encourage tout le monde à plier les gaules…

Il vida son verre d'un trait.

Dehors, des brigades mobiles étaient en train de transformer l'Élysée en camp retranché, par crainte de soulèvements populaires, comparables à ceux qui, la veille, avaient forcé l'entrée du palais Bourbon.

— Une fois à Nouméa, me dit-il, peut-être serait-il prudent que vous n'en bougiez plus.

À ces mots, je me sentis à mon tour émue. Le patron passa outre :

— Faut-il que je sois le seul, dans ce pauvre pays, à continuer d'y croire ? Matignon, Beauvau, le Quai d'Orsay… De partout, les rats quittent le navire ! Nous n'allons tout de même pas laisser Bruxelles nous placer en liquidation, avec la complicité des *Pastèques* !

On l'a oublié, mais à l'époque nombreux étaient ceux qui appelaient ainsi les écologistes, suspects d'être *verts à l'extérieur, rouges à l'intérieur*. Suivit une bordée d'injures à propos des traîtres de Strasbourg, des *kapos de la BCE*, des salauds de Bercy, des vautours du Medef et du système social *bolcho-cégétiste*… Le patron était à bout, et me redit ce que, à plusieurs reprises déjà, il m'avait déclaré :

— Dire que j'avais quitté la politique ! Tirez-en la leçon, chère Anissa : il ne faut jamais remettre le couvert…

Un instant, je crus que le patron allait se mettre à pleurer. Mais il se contenta de faire signe au maître d'hôtel, pour qu'on remplît son verre :

— Si seulement je pouvais trouver quelqu'un à qui raccrocher l'espoir des Français ! Ce pays est d'une ressource inépuisable ; il s'en est toujours sorti ; alors pourquoi, cette fois, avec nous, le miracle n'aurait-il pas lieu ?

Je grimaçai un sourire compatissant.

— Seulement voilà, reprit-il… Pour qu'un miracle se produise, il faut disposer d'un prêtre ou d'un magicien. Au choix ! D'un thaumaturge, en somme. Et de cela, en ce moment, je ne vois point !

Sur le coup, la jérémiade glissa sur moi. Mais quelques jours plus tard, à Nouméa, sortant de la maison d'hôtes où résidait Jeanne-Antide Aubier, les mots du patron me revinrent au visage, comme un boomerang. Tout sourires, je lui expédiai le message suivant : « Que diriez-vous, si j'avais déniché votre thaumaturge ? » Du bout du monde, la réponse me parvint en quelques secondes : « Je dirais : alléluia ! Mais de qui parlez-vous ? »

Alors que notre petit avion, tout juste posé sur la piste de Papeete, roulait vers son aérogare, Jeanne-Antide paraissait statufiée ; rien, sur son beau visage, aucune expression notable ne trahissait son état d'esprit. Je le devinais pourtant : elle n'avait guère apprécié que, au lieu de la conduire à Paris, auprès du chef de l'État, je l'aie emmenée en Polynésie française, au prétexte d'un petit colloque sur les peuples du Pacifique. Après avoir longuement hésité, j'avais pris le parti, en effet, de lui cacher la raison véritable de notre périple. J'aurais craint, en la lui révélant, d'amoindrir sa spontanéité, et qu'elle n'indisposât le secrétaire général, comme naguère le haut-commissaire…

— Puis-je savoir, maintenant, ce qui nous amène ici ? demanda la jeune fille en caressant son chien d'aveugle. Parce que le Pacifique et moi, cela fait deux…

— Ce n'est pourtant pas inintéressant !

— Je m'intéresse davantage à l'Angleterre victorienne et à ses grands auteurs.

— Et peut-on vous demander, Jeanne-Antide, comment est née une telle passion chez *la jeune fille du bout du monde* que vous êtes ?

Elle laissa ma question sans réponse. J'insistai pourtant, et lui demandai comment elle avait pu emmagasiner toutes les connaissances dont elle me paraissait nourrie.

— Quand j'ai perdu la vue, me dit-elle, vers l'âge de douze ans, je suis tombée dans une prostration terrible ; et c'est mon père qui, petit à petit, m'a tirée de cet état en me lisant tout ce que je ne pouvais pas lire en braille, et en me faisant apprendre des passages entiers, dans les lectures qu'il m'avait faites…

— Par cœur ?

— Par cœur ! Il n'y a que cela de vrai.

Soudain, elle demanda la permission de toucher les traits de mon visage.

— Je ne fais cela qu'avec les gens qui m'intéressent…

— Merci, Jeanne-Antide, c'est…

— D'ailleurs, tu n'as qu'à laisser tomber *Antide* ! Mes amis m'appellent Jeanne, tout court.

Je ne savais pas qu'elle eût des amis…

Nous fûmes accueillies, dans le hall climatisé du centre des congrès, par un homme encore jeune, de haute stature et d'allure militaire. Aimable, il se présenta comme le président de l'université mais n'en avait, pour tout dire, ni les mots ni le style. Nous priant de le suivre jusqu'à un salon clos, il voulut entamer avec son étrange visiteuse une conversation d'apparence badine. Hélas, il n'avait pas plus tôt aligné trois phrases qu'elle l'interrompit fermement, quoique sans arrogance :

— Tu n'es pas le président de cette faculté, dit-elle ; je pense qu'en vérité tu es un grand ponte, venu de Paris pour prendre du champ.

Et tandis que s'installait le plus gênant des silences :

— D'ailleurs, poursuivit-elle, je me dis que c'est toi qui décideras si, oui ou non, je dois rencontrer le Président.

La sagacité coupante de la jeune femme arracha un éclat de rire au secrétaire général. Sans trop se démonter, il n'en tenta pas moins de reprendre l'avantage :

— Puisque rien ne t'échappe, dit-il, donne-moi une bonne raison de t'envoyer à Paris !

— Plus personne n'y croit, et moi, j'y crois ; plus personne ne sait, et moi, je sais ; plus personne ne veut, et moi, je veux.

— Voilà trois bonnes raisons, en effet… Mais alors, au juste, que veux-tu ?

— Que la France se relève et continue sa route.

À ce moment, je crus devoir intervenir :

— Elle l'a déjà fait bien des fois, rappelai-je. En 1356, 1420, 1525, 1712, 1815, 1870 et 1940.

— Mon Dieu, que de dates… soupira le secrétaire général.

C'est Jeanne-Antide qui lui répliqua :

— Mon Dieu, que d'exemples !

Quelque temps plus tard, elle devait m'interroger sur cette litanie des catastrophes nationales : Nouaillé, Troyes, Pavie, Waterloo, Sedan, Vichy… Et voulut notamment en savoir davantage sur celle de ces dates qu'elle ne connaissait pas : 1712.

— C'était au pire de la guerre de Succession d'Espagne, racontai-je. Le royaume paraissait fichu, quand le maréchal de Villars est venu, à Marly, dire au roi qu'il restait peu d'espoir. Eh bien, vous savez ce qu'a répondu Louis XIV ?

— Tu sembles habitée par cette histoire.

Je poursuivis sur ma lancée :

— Le vieux roi lui a lancé : « Monsieur le maréchal, je n'exige pas que vous battiez l'ennemi, mais que vous l'attaquiez. Si la bataille est perdue, vous ne l'écrirez qu'à moi ; je monterai à cheval, je passerai par Paris votre lettre à la main. Je connais les Français, je vous amènerai 200 000 hommes, et je m'ensevelirai avec eux sous les ruines de la monarchie. »

Elle esquissa le sourire de celle qui, dans une belle histoire passée, décèle quelques bons arguments pour l'avenir.

De l'entretien avec le secrétaire général, je n'avais retenu, hélas, que cette entrée en matière. Je le regrette d'autant plus que l'échange, par ailleurs, fut brillant et vif. Mais à vouloir le reconstituer de mémoire, je risquerais de trahir la pensée de Jeanne. Il faut croire que les mots qu'elle trouva ne firent pas mauvaise impression puisque, à l'issue de l'entretien, le haut personnage me glissa dans l'oreille un avis que je pris, peut-être, pour plus enthousiaste qu'il n'était réellement : « Pour moi, *nihil obstat* » – rien ne s'y oppose –, me souffla-t-il. Mon plan fonctionnait à merveille.

Je regrette d'autant plus de n'avoir pas immortalisé leur dialogue comme j'avais enregistré le nôtre, trois jours plus tôt. Cela devait me servir de leçon ; et le lendemain matin, dans le salon de l'aéroport de Papeete, je mis discrètement l'enregistreur en marche, lorsque je compris qu'un échange piquant se nouait entre la jeune Néo-Calédonienne et une inconnue. Je ne saurais rien dire de cette dame septuagénaire, sinon qu'elle avait dû être touchée par le handicap de Jeanne et avait entamé une conversation, d'abord chaleureuse. D'elle-même, la dame avait proposé à Jeanne de passer ses doigts sur son visage, pour se faire une idée de sa physionomie. Du coin de l'œil, j'observai cette inconnue sympathique : son cardigan finement rayé, son *jean* plutôt moulant, ses baskets dorées, auraient pu être ceux d'une adolescente. Mais sous ses cheveux blancs bouclés, autour de ses beaux yeux bleus, des rides marquées trahissaient un âge mal assumé. Cette fois, ce sont les premières phrases du dialogue qui manquent.

DEUXIÈME DIALOGUE

La dame – Moi je suis *cool*, toujours. Il faut être *cool*, non ?

Jeanne – Il le faut ? Je ne sais pas…

La dame – C'est mieux que d'avoir l'air d'une vieille bique !

Jeanne – J'aime bien les vieilles biques et je ne suis pas trop *cool*.

La dame – Dis donc, tu es rudement vieille dans ta tête… J'ai une amie qui est comme toi – elle

a perdu la vue, je veux dire –, seulement je te prie de croire qu'elle s'amuse quand même ! Évidemment, quand j'avais ton âge, c'était une autre ambiance : qu'est-ce qu'on a pu rire ! On ne faisait que ça, c'est bien simple…

Jeanne – J'imagine… Tu es née en 47 ?

La dame (*en riant*) – Moi ? En 49 ! Ne me vieillis pas, s'il te plaît !

Jeanne – Mon père serait là, il te qualifierait de *boomeuse* – ce qui, dans sa bouche, n'est pas un compliment. Parce que tu es de la génération du *baby-boom.*

La dame – *Boomeuse*, j'avais compris. Mais qu'est-ce qu'il a contre le *baby-boom*, ton père ?

Jeanne – Il dit que votre génération si nombreuse a été pourrie gâtée : bébés de la paix, enfants choyés, ados hippies… Votre jeunesse n'a été qu'une longue fête, vous avez fait l'amour avant le sida, et votre carrière avant Internet. Et fumé partout, et roulé sans ceinture, et juré librement en vous moquant de tout… Vous avez gagné plus en travaillant moins, profité du plein emploi, puis de la retraite à taux plein, vécu plus vieux que n'importe quelle génération – dit-il !

La dame – Tu parles d'une caricature… Mais même si c'était vrai, je trouverais ça chouette, moi ! En quoi ça le défrise, ton père ?

Jeanne – Je pense qu'il est jaloux.

La dame – Si tu veux mon avis, je le pense aussi.

Jeanne – Mon père, au lieu de vous accabler, devrait vous plaindre, vous autres *boomers.*

La dame – Nous *plaindre* ! Et pourquoi cela ?

Jeanne – Parce que votre déséquilibre a tué nos équilibres.

La dame – Oh, la jolie formule ! Tu as lu ça sur un tract ?

Jeanne – Les tracts, ce n'est plus de ma génération. Je t'imagine en plein Mai 68…

La dame – Ça m'étonnerait : ta génération ne peut même pas se figurer une chose pareille… En mai 1968, j'étais en bio à la fac d'Orsay… Alors tu penses bien que je l'ai vécue, la grande aventure !

Jeanne – L'explosion des vieux repères… La démolition de la société…

La dame – Tu sais, la société dont tu parles, celle du père de Gaulle, elle n'était pas bien rigolote. C'était sacrément corseté, tout ça. Je dirais que Mai 68 a fait entrer un peu d'air frais dans la baraque, et qu'il était grand temps !

Jeanne – « À bas le vieux monde », « Ne travaillez jamais ! », « Le sacré, voilà l'ennemi »... L'idée ne t'a jamais effleurée que ces slogans *rigolos* nous avaient, au bout du compte, coûté très cher ?

La dame – Allons bon, voilà autre chose !

Jeanne – Tu me diras que, après deux guerres, on voulait tourner la page... Inventer un autre monde, d'où la contrainte serait bannie. Chacun a voulu croire qu'abondance et jouissance seraient nos deux mamelles – « J'y ai droit », « tu aurais bien tort », « on va pas se priver »...

La dame – Là, je te trouve vachement dure.

Jeanne – Problème : afin d'entretenir cette fiction, il a fallu beaucoup d'argent – alors on a endetté les générations d'après. Il a aussi fallu beaucoup de bras – alors on a fait venir de la main-d'œuvre d'ailleurs. Dans une décennie ou deux, les *boomers* auront disparu ; mais ils auront laissé derrière eux un trou béant. C'est ainsi que je vois les choses.

La dame – Oui, dans ton petit esprit bien *réac* ! Mais tu sais, je n'ai pas besoin qu'on vienne, comme ça, me faire la leçon.

Jeanne – Ce qu'il s'est passé à l'époque pourrait faire songer à un beau jardin, peut-être un peu trop sage, où l'on aurait décidé de rendre ses droits à la nature, en laissant pousser partout n'importe quoi, en faisant même proliférer les herbes folles ; plus de sarclage, plus de taille... Autorisation aux pissenlits de se répandre, au lierre de grimper partout... Tu vois d'ici l'aspect du jardin, pourtant beau à l'origine, après des années d'abandon ?

La dame – Oui, suffit de regarder les rues depuis l'interdiction du glyphosate... Mais je l'imagine autrement, moi, ton jardin abandonné ; dans mon esprit, cela donne une ravissante, une merveilleuse forêt primitive !

Jeanne – La jungle, quoi. Le grand mélange et l'érosion de toutes les distinctions... Comme l'a écrit, dans *L'Identité malheureuse*, Alain Finkielkraut : « La démocratie contemporaine est un mouvement, une dynamique, un processus *historique* d'effacement des frontières et de nivellement des différences. »

La dame (*exaspérée*) – Moi aussi, je pourrais citer mes auteurs – mais j'ai la pudeur de ne pas le faire ! Dis-moi, je peux te poser une question ?

Jeanne (*prenant dans ses mains la tête du grand caniche*) – Bien entendu…

La dame – Une question toute simple, toute directe : de quel droit est-ce que tu me balances toutes ces choses moches ?

Jeanne – Du droit des générations sacrifiées.

La dame – Tu m'en diras tant ! Et tu trouves ça respectueux, comme façon de faire ? D'ailleurs, pourquoi est-ce que tu me dis *tu* ? C'est pas très poli, quand on y pense… Quand on veut donner des leçons de morale aux gens, mademoiselle Sale-Gamine, on commence par être irréprochable.

Jeanne – Mais… Je te croyais *cool*…

La dame – Moi, je suis *cool* avec les gens *cool*.

À cette époque, je ne connaissais pas encore assez Jeanne pour oser lui demander ce qui l'avait poussée à s'en prendre à cette dame. Avec le recul, je crois pouvoir avancer qu'elle en voulait, au fond d'elle, à ces générations d'après-guerre d'avoir fait preuve d'angélisme et de laisser-aller – elle parlait, pour sa part, d'*irénisme.* Je l'entends encore me le répéter, une pointe d'exaspération dans la voix :

— Tous ces gens font profession d'irénisme !

Elle désignait par ce mot l'espèce d'œcuménisme un peu forcé, un peu béat qui, depuis tant d'années, tenait lieu de pensée dominante en France.

Nous ne fîmes que repasser par Nouméa. Sur l'avis favorable, à défaut d'être enthousiaste, du secrétaire général, mon patron avait en effet dépêché, à notre usage personnel, un *jet* de l'État. Selon son expression favorite, il n'avait *pas lésiné sur les moyens.* Jeanne, en vue de gagner du temps, renonça au projet d'un aller-retour à La Foa ; elle n'embrasserait donc pas les siens, ne leur dirait pas *au revoir* – seule sa mère, prévenue *in extremis*, trouverait le temps de venir la serrer sur son cœur, avant de la laisser s'envoler en ma compagnie.

— Je vous confie ma fille, me dit-elle, la gorge serrée ; essayez de faire en sorte qu'elle nous donne des nouvelles... Son père est tellement inquiet !

Je le lui promis. Nous convînmes aussi que deux ou trois valises rejoindraient Jeanne à Paris, dans le courant de la semaine suivante. L'heure était venue, du grand départ. La *jeune Aubier* paraissait ferme dans sa détermination ; elle ne quitterait pas la Nouvelle-Calédonie autrement que le sourire aux lèvres.

3
La Lanterne

Le but du voyage n'est pas de poser le pied sur une terre étrangère. C'est finalement de poser le pied dans son propre pays comme s'il s'agissait d'une terre étrangère.

Supersonique, le petit avion de la présidence était de surcroît luxueux ; avec ses fauteuils de cuir grège et ses liserés tricolores, son décor inspirait un sentiment de puissance. Nous y fûmes gâtées, bichonnées par une irréprochable convoyeuse de l'Air. Pour un peu, nous aurions pu oublier, l'espace de quelques heures, combien la République allait mal, et nous imaginer vingt ou trente ans en arrière, lorsque la France était encore un pays libre, puissant et respecté… Sentant, à mes côtés, Jeanne un peu mélancolique, je tentai de dissiper ses doutes :

— J'imagine que la Nouvelle-Calédonie va vous manquer…

— C'est ma famille qui me manque déjà. Mon père, surtout.

— Vous l'aurez au téléphone, dès notre atterrissage ; nous pouvons même, peut-être, le joindre d'ici !

— Mon père ne parle presque pas au téléphone. Il estime que c'est une façon barbare de communiquer, à réserver aux personnes extérieures à la famille.

— En l'occurrence, nécessité fera loi…

Jeanne secoua la tête, d'une manière qui voulait dire : « Tu ne connais pas mon père… » À la vérité, je n'étais pas très sûre d'avoir envie de le rencontrer.

Ce voyage, entre deux siestes confortables, fut pour moi l'occasion de faire connaissance avec celle que, dans ses messages, le patron n'appelait déjà plus que *notre recrue*. Je lui demandai notamment d'où venaient ses opinions politiques bien tranchées et cette nostalgie qu'elle paraissait nourrir pour la souveraineté perdue de la France. Elle me dit que tout avait commencé en 2015.

À l'époque, devait-elle me raconter, j'étais petite et j'y voyais encore. Onze ans, j'avais…

Installée à la plage avec sa famille, elle avait entendu, sur un transistor, l'émission qu'écoutait son père : un rendez-vous estival de France Culture, relayé par une antenne locale. L'invitée, ce jour-là, était une des anciennes éminences grises du président Pompidou, elle-même devenue, en 1981, candidate à l'élection présidentielle : Marie-France Garaud. Aux antipodes, *a priori*, des centres d'intérêt d'une petite fille – seulement Jeanne-Antide n'était pas une petite fille comme les autres…

— Dans cette incroyable interview, me dit-elle avec un feu que je ne lui connaissais pas, la vieille dame parlait de la nécessité, pour la France, de sortir de cette Union européenne qui était en train de la cuire à petit feu. « Il faut faire quelque chose, disait-elle, quel qu'en soit le coût. »

Je devais, par la suite, chercher sur Internet, et trouver sans peine, cette interview du 20 août 2015, si déterminante pour la vocation de *l'enfant de La Foa* : *« La France n'est plus un État. Nous ne sommes plus une République. Nous ne sommes plus souverains. On peut jouer les utilités ; mais ce n'est pas une action politique. […] Et qu'on ne me parle pas d'influence, l'influence n'existe pas : on a le pouvoir, ou on ne l'a pas. Je n'exclus pas que nous puissions le retrouver, en prenant quelques dispositions héroïques… »* L'ancienne conseillère avait ajouté : « *Pour être un État souverain, il faut disposer de quatre pouvoirs : battre monnaie, faire les lois, rendre la justice, décider de la paix et de la guerre. Avons-nous la possibilité de faire les lois que nous voulons ? La réponse est non. Rendre la justice ? Le Conseil constitutionnel consulte l'Europe sur les points délicats ! Nous sommes rentrés dans le commandement intégré de l'OTAN et n'avons plus d'autonomie militaire. Quant à la monnaie, n'en parlons même pas… Nous n'avons plus, nous, Français, aucun des quatre éléments de la souveraineté.* »

Sans doute pour se faire mieux comprendre, Mme Garaud avait donné ce jour-là deux images bonnes à frapper l'enfant sensible qu'était Jeanne-Antide : celle du renard pris au piège, et qui se mutile à belles dents ; celle de l'alpiniste qui, la jambe coincée dans une crevasse, se coupe lui-même la cuisse avec son couteau de survie. « *Il pouvait mourir au fond du trou avec ses deux jambes ; il pouvait s'en sortir, mais avec une seule jambe – il l'a fait. Nous sommes dans cette situation* », concluait-elle, regrettant qu'on ait perdu jusqu'au sens du mot *souveraineté*.

À écouter Jeanne-Antide citer ces arguments et les reprendre à son compte, je n'eus guère de doute : dans cette simple anecdote résidait le secret d'un engagement si viscéral. Je m'étonne d'ailleurs que, durant toutes ces années, personne, jamais, n'y ait fait allusion. Peut-être, après tout, aurai-je été la seule à qui elle ait raconté ce basculement fondateur.

Ayant parcouru, en quelques heures, la moitié du globe terrestre, notre avion déposa ses passagères dans le sud-ouest de Paris.

— Tout commence, lança Jeanne en faisant mine de s'adresser au grand caniche ; c'est maintenant que tout va se jouer !

Ce mois d'octobre 2022 était pluvieux, et le contraste avec la chaude clarté du Pacifique me parut saisissant. Le conseiller spécial, cherchant la quiétude autant que la sécurité, avait souhaité rencontrer son invitée hors de la capitale en ébullition. Aussi, depuis Villacoublay, une berline officielle nous conduisit-elle vers le discret pavillon de la Lanterne, en lisière du parc de Versailles.

Il faisait gris. Tandis que nous roulions en silence à travers la cité royale, je sentis, à mes côtés sur la banquette, la jeune femme soudain nerveuse.

— Quand arriverons-nous à Versailles ?

— Mais nous y sommes, répondis-je. Nous longeons le Potager du roi…

— J'en ai rêvé suffisamment pour tout imaginer.

— Je ne vous savais pas sensible à ce point aux charmes de la royauté...

— Je suis sensible aux beautés de la France.

Pendant le vol, Jeanne m'avait raconté comment, avec son père, et des années durant, elle avait évoqué, appris, interrogé la culture française. Versailles n'en était certes qu'un aspect, mais pas n'importe lequel. Toute la grandeur, tout l'ordre de celle-ci semblaient s'être déposés là.

— La France que tu connais, il m'a fallu l'imaginer, reconnut-elle, alors qu'au milieu des arbres rougeoyants du parc nous touchions au terme de notre voyage. On peut aimer ce pays sans avoir foulé son sol, on peut vibrer avec lui avant même d'avoir respiré son air.

Deux cars de CRS gardaient les abords de l'enclave présidentielle. En apparence insensible aux bouleversements du temps, un valet de pied se précipita pour nous accueillir. Le grand caniche fut le premier à sauter de la voiture ; malgré la frustration accumulée durant un long voyage, il eut assez d'empire sur lui-même pour attendre, docilement, l'ordre de sa jeune maîtresse.

— Va, lui lança-t-elle, cours, mon Argos !

Le chien n'avait attendu que cela; il détala par la grille encore ouverte. Alors Jeanne chercha mon bras et me pria de la guider dans la direction qu'il avait prise.

— Tu saurais commenter pour moi ?

— Nous sommes à l'emplacement de l'ancienne ménagerie. Quant au chien, il est déjà sur les bords du Grand Canal…

Je n'eus bientôt d'autre choix que d'enfoncer mes hauts talons dans l'herbe, jusqu'à la longue et pure bordure de pierre. La pluie venait de cesser; un soleil oblique de début d'automne illuminait, au loin, le rideau clair des façades dessinées par Hardouin-Mansart. Pour Jeanne, je décrivis la vue, sobrement, un peu gênée du privilège que me donnaient deux yeux valides.

— Je crois que nous sommes attendues, ai-je fini par lancer, à l'issue d'un temps assez long de communion avec les lieux.

Nous remontâmes jusqu'au pavillon de pierre blonde, et prîmes possession des appartements qui nous avaient été alloués. Désaltérée, douchée, changée, je regagnais le grand salon d'un pas plus assuré, quand je compris, aux échos qui me revenaient, que, pour Jeanne, *l'entretien d'embauche* avait commencé. Il semblait écrit que je manquerais le début de tous les entretiens…

TROISIÈME DIALOGUE

Jeanne – Je ne sais pas faire autrement.

Le conseiller – Dans ce cas, je vais me mettre au diapason. Après tout, tu es de la génération de mes petits-enfants. Tu permets que je t'appelle Jeanne-Antide ?

Jeanne – Ou Jeanne, simplement.

Le conseiller – Jeanne – comme la Pucelle d'Orléans ?

Jeanne – J'étais certaine que tu dirais cela.

Le conseiller – Eh bien, ma petite Jeanne, il faut que tu saches que, si je t'ai fait venir ici, ce n'est pas précisément pour compter les moutons. Ta bonne fée a dû te l'expliquer – n'est-ce pas, chère Anissa ? Approchez, asseyez-vous ! – elle a dû t'expliquer quelles étaient mes fonctions…

Jeanne – Anissa m'a dit que tu conseillais le Président. Mais je te connais. Mon père m'a lu tes livres, qui sont presque tous excellents.

Le conseiller – Je relève le *presque*… Ici, *presque* tout fout le camp. À commencer par le Président, qui ne croit plus en son étoile. À supposer d'ailleurs qu'il y ait jamais cru…

Jeanne – Il a été élu à la majorité des suffrages.

Le conseiller – Avec une abstention record, et seulement quelques milliers de voix d'avance ! Quand tu sais ce qui lui est tombé dessus, depuis, tu comprends que sa légitimité puisse lui sembler fragile. Et d'autant plus que *la Fol*… que la Première ministre a baissé les bras, que le gouvernement s'en lave les mains, que le Parlement a été envahi, que la haute administration fait le mort et que le cabinet lui-même cherche des vols privés pour se carapater au Canada !

Jeanne – Tu ne devrais pas t'exprimer ainsi.

Le conseiller – Je m'exprime de manière à me faire comprendre. Venons-en au cœur du sujet : est-ce que, dans ta Nouvelle-Calédonie, on t'a informée de ce qui se tramait à Strasbourg ?

Jeanne – J'ai entendu parler d'une sécession annoncée…

Le conseiller – Évidemment, au train où vont les choses, que les Strasbourgeois obéissent à Paris ou à Bruxelles n'aura bientôt plus d'importance. Excepté que *les Pastèques* – les *écolos*, si tu préfères – vont en tirer parti pour s'allier un peu plus avec les *Gris* – les euro-fonctionnaires, pardon. Déjà, l'eurodette nous étrangle ; si en plus, nos grandes villes se mettaient à obéir à la Commission…

Moi – Nous venons d'apprendre, à notre arrivée, que le Parlement européen avait apporté son soutien à l'*Eurométropole*…

Le conseiller (*me tournant presque le dos, comme pour me faire comprendre que c'était à Jeanne, et à personne d'autre, qu'il s'adressait pour l'heure*) – Si les séparatistes devaient l'emporter en Alsace, c'en serait fini de la République. Tout s'écroulerait comme un château de cartes ou, pour mieux dire, comme un ruban de dominos. Vu du parc de Versailles, cela paraît un peu abstrait, mais le fait est que nous vivons peut-être les derniers jours de la France en tant que pays souverain – si tant est qu'elle le soit encore… Passons !

Jeanne – C'est la question qu'il faudra se poser, une fois Strasbourg délivrée.

Le conseiller – Jeanne-Catherine, si je vous ai fait venir…

Jeanne – Moi, c'est Jeanne-Antide.

Le conseiller – Pardon ! Si je vous ai fait venir, Jeanne-Antide, c'est qu'avec votre fraîcheur et votre passion pour la France vous nous semblez toute désignée pour vous adresser aux Strasbourgeois au nom du *Grand Chef*. Vous êtes la personne idéale pour secouer ces gens-là et les dissuader de commettre l'irréparable. On m'a dit – Anissa et d'autres – que vous parliez d'or et qu'à Nouméa les gens se bousculaient pour vous écouter… Voici donc ce que nous allons faire : vous allez prendre, dans quelques jours, une voiture pour l'Alsace – les TGV sont à l'arrêt, c'est comme ça… – et porter la Bonne parole aux Strasbourgeois. Anissa se chargera de vous *briefer* et d'organiser les interventions – passons !

Jeanne – Non, je ne passe pas. Plutôt : cela ne passe pas.

Le conseiller – Qu'est-ce qui ne passe pas ?

Jeanne – Je ne suis pas venue parler aux gens de Strasbourg. Si j'ai fait ce voyage, c'est pour voir le président de la République ! Et lui seul !

Le conseiller – Mais… Le Président, vous le verrez par la suite ! En temps utile.

Jeanne – Je lui parlerai avant toute chose, ou ne parlerai pas du tout.

Le conseiller (*vers moi*) – Anissa, vous ne m'aviez pas dit que cette enfant avait une tête de cochon…

Jeanne – Quand pourrai-je échanger avec lui ?

Le conseiller – Mais… Pour lui dire quoi, par exemple ?

Jeanne – Ce que j'ai à lui dire ne regarde que lui et moi. Mais c'est vital pour la France.

Le conseiller – En toute modestie ! Bon… Après tout, c'est aussi pour cette caboche bien dure que nous vous avons recrutée…

Jeanne – *Recrutée* ? Je ne vois pas les choses ainsi.

Le conseiller – Jeanne, voici ce que je propose : le *Grand Chef* sera, demain soir, à la télé. Je m'arrange pour que vous lui parliez, en marge de l'émission. En échange de quoi, dès dimanche ou lundi, vous filez toutes les deux à Strasbourg. Ça vous va ?

Jeanne (*après un court moment de réflexion*) – Ce n'est pas un marché.

Le conseiller – C'est donnant-donnant ! Il faut maintenant que je m'entretienne avec Anissa ; on va vous reconduire à vos appartements.

Jeanne – Il me faut vous poser une question.

Le conseiller – Alors, vite. J'ai des dossiers brûlants qui attendent.

Jeanne – Je t'écoute. Je te jauge. Tu es un homme original et efficace. Lucide. Peut-être même visionnaire…

Le conseiller – « N'en jetez plus, la cour est pleine ! »

Jeanne – Il me paraît évident que c'est toi qui devrais être au sommet ; pourquoi ne t'es-tu pas présenté à la dernière élection, plutôt que l'homme que tu conseilles ?

Le conseiller (*après m'avoir adressé un regard plein d'étonnement*) – Ce n'est pas comme ça que ça se passe ! Les électeurs d'aujourd'hui veulent du télé-crochet ; ils attendent des candidats qu'ils aient une belle gueule, un cerveau rapide, une histoire touchante – surtout, ils veulent de la nouveauté : une *promesse* ! Moi, je ne suis plus un perdreau de l'année…

Jeanne – Ce qui voudrait dire que les votants n'élisent plus des hommes d'État, d'action ou même de conviction – ils élisent des gens de communication.

Le conseiller – Dans le cas présent, nous avons un bon président, avec l'étoffe d'un homme d'État – je l'ai toujours pensé. Simplement, il faut qu'on lui offre des occasions de le montrer… Autre chose ?

Jeanne – Pourquoi fais-tu appel à moi ? Serais-je, à ma façon, une *promesse* ?

Le conseiller – À ta façon… Mais, Jeanne-Antide, si je compte sur toi, ce n'est pas pour briguer la présidence ; c'est pour semer la discorde chez l'ennemi… Dit ainsi, cela pourrait sembler machiavélique ; mais tu possèdes une chose qui manque à la plupart des orateurs, surtout par les temps qui courent : tu as le feu sacré.
(*La réponse de la jeune fille à cet hommage m'a marquée ; mais je préfère la réserver pour n'en faire état que plus tard – en temps utile.*)

Le conseiller – Que la vérité te guide, mon enfant !

Jeanne – Dans n'importe quelle situation, moi qui suis privée de mes yeux, je repère immédiatement, comme la tache sur un pelage,

comme le nœud dans une planche de bois, comme le crapaud dans un diamant, comme la coquille dans un texte, je décèle ces défauts que sont la paresse et la lâcheté.

Le conseiller – Cela demande un peu de courage…

Jeanne – Cœur et courage font l'ouvrage.

Dans la soirée, Jeanne-Antide Aubier découvrit le château de Versailles, « *la plus juste idée qu'on puisse se faire de la France, devait-elle me dicter pour le livre d'or, car la seule véritablement grande* ». En dépit du chaos, le patron avait obtenu de l'Établissement public une visite privée, sous la férule d'un jeune conservateur énergique, qui faisait tinter les clefs d'un gros trousseau. Héritage du coronavirus, et bien que ce ne fût plus obligatoire depuis un an déjà, il arborait un masque chirurgical, et nous en proposa, disposés dans une petite corbeille. Je vis se durcir les traits de Jeanne.

— Vous me consternez, avec vos masques ! dit-elle sans douceur. C'est une habitude déplorable et que, pour ma part, je n'ai jamais bien comprise.

— Il s'agit de se protéger et de protéger les autres. Vous n'avez pas entendu l'explication des médecins ?

— De certains médecins… Si ton comptable te recommande de contrôler le solde de ton compte privé, trois fois par jour, il sera dans son rôle ; pour autant, le feras-tu ? Toi qui as tes deux yeux valides, mesure plutôt la chance que cela t'offre d'observer les expressions qui s'esquissent sur le visage des gens. De ceux en tout cas qui avancent à visage découvert.

— La santé avant tout ! Si mettre un masque permet de vivre en sécurité…

— Ne confonds pas vivre et survivre ; exister et végéter. On endort peu à peu la société à coups de précautions ; c'est devenu comme une drogue, l'équivalent pour le corps social de cette morphine que l'on donne aux malades qui souffrent trop…

De mon carnet de citations : Nietzsche écrit, dans le prologue de son *Zarathoustra* :

« *…on s'avance prudemment. Bien fou qui trébuche encore sur les pierres et sur les hommes !*

« *Un peu de poison de-ci de-là, pour se procurer des rêves agréables. Et beaucoup de poisons enfin, pour mourir agréablement.*

« *[…] Point de berger et un seul troupeau ! Chacun veut la même chose, tous sont égaux : qui a d'autres sentiments va de son plein gré dans la maison des fous.* »

Alors que nous déambulions, dans la fine lumière du soir, au sein de salons désertés, je voyais Jeanne s'imprégner des lieux comme on respire un parfum. Nous finîmes par nous retrouver, côté ville, dans la mythique Chambre du Roi. Jeanne écoutait en silence les commentaires de notre *cicerone*. Elle effleura la courtepointe du lit reconstitué, symbole de l'ancienne souveraineté, au-dessus duquel rayonne un groupe en ronde-bosse, par Coustou : *La France veillant sur le sommeil du Roi*. Jeanne s'approcha des hautes croisées cintrées pour demander, un irrésistible sourire aux lèvres, qu'on lui entrouvrît le balcon. Elle y pénétra sans précipitation et resta un moment en surplomb de la cour de Marbre.

— C'est donc ici... finit-elle par lâcher à mi-voix.

— Quoi donc ?

— C'est ici que tout a basculé. Quand Louis XVI a consenti à quitter la demeure de ses aïeux pour suivre à Paris, avec sa famille, la foule des émeutiers.

— C'était le 6 octobre 1789...

— Oui, moins de six mois après la réunion des états généraux ; en France, l'histoire change au pas de course.

Je lui demandai quelles réflexions lui inspirait l'attitude apaisante de Louis XVI, lors de la Révolution :

— Un bon chef peut écouter le peuple ; mais il doit refuser de suivre la foule.

Comme nous parcourions, dans les rayons du couchant, la galerie des Glaces en direction du salon de la Paix, le garde du corps qui, depuis le début, nous avait discrètement accompagnées s'approcha de Jeanne et lui tendit son propre *smartphone* :

— Je vous passe le Président ! murmura-t-il.

Ne connaissant que trop la France et son goût des titres ronflants, je lui demandai de quel président il voulait parler.

— Du président de la République.

4
À VOUS, LA PAROLE !

Le journalisme consiste pour une large part
à dire « lord Jones est mort »
à des gens qui n'ont jamais su que lord Jones existait.

Les Français avaient rendez-vous avec le premier d'entre eux pour « un grand moment d'échange », à ce qu'avaient promis les organisateurs. Le titre choisi – *À vous, la parole !* – obéissait au principe de compensation : moins on donne la parole aux gens, plus on proclame le contraire… Il était prévu que le chef de l'État, accueilli par une papesse de l'interview politique, serait interrogé, cent minutes durant, par un panel représentatif de la population. Pour mener à bien cette émission importante, destinée à rassurer l'opinion si possible, l'Élysée avait opté pour une chaîne privée d'information en continu – ce que n'avaient pas manqué de dénoncer les défenseurs du Service public.

La veille, au téléphone, le Président avait donc échangé quelques mots avec Jeanne. Sans entendre ce qu'ils se disaient, j'avais regardé la jeune fille déambuler, l'air absent, dans la galerie des Glaces, et répondre par monosyllabes à son prestigieux interlocuteur – courtois sans aucun doute, à son habitude. Dans le cours de cette prise de contact, il l'avait invitée, sans formalité, à se mêler au panel télévisuel ; et c'est à moi, bien entendu, qu'avait échu la mission de régler les modalités... Aussi avais-je dû ferrailler des heures avec la direction de la chaîne, outrée que la présidence ait osé intervenir dans des choix arrêtés de longue date.

Précisons que, la veille, à la Lanterne, le patron m'avait chargée, formellement, de « piloter notre *recrue* jusqu'à nouvel ordre » – mission dont je ne savais que penser : ce petit bout de femme avait du charisme, certes, mais son ton volontiers péremptoire commençait à m'agacer fortement. Comme il arrive souvent, sentant peut-être que je m'éloignais d'elle, Jeanne s'était quelque peu rapprochée de moi. Dans l'après-midi, alors que nous quittions la Lanterne en vue de gagner, dans la proche banlieue, les studios de la chaîne d'info, elle m'avait même fait cette confession : « Alors que je n'ai eu que des frères, je me dis que tu pourrais être ma grande sœur… »

L'émission – en léger différé – fut une épreuve pour le chef de l'État. Lors d'un court entretien farci de questions acides, la journaliste était complaisamment revenue sur la démission de son prédécesseur, le troisième de ceux qu'elle qualifia de *présidents feux follets*, parce qu'ils n'avaient pas su s'accrocher au pouvoir plus de cinq ans… Elle s'attarda surtout sur les rumeurs qui le disaient, lui-même, tenté de suivre ce piteux exemple. Le Président esquiva tous ces traits de son mieux ; puis il se trouva livré à la colère des heureux – ou malheureux – élus, tous nourrissant, à l'encontre de l'État, de terribles griefs. On eût dit un condamné jeté, peu armé, dans l'arène…

Une mère de famille dénonça l'incurie de l'École – ce qui était injuste, le nouvel élu ayant, sur ce chapitre, fait davantage en trente semaines que ses devanciers en trente ans… Une commerçante raconta comment il lui avait fallu, après la crise à rebondissements du coronavirus, se séparer de la moitié de ses employés. Un infirmier revint sur les heures terribles de cette pandémie, pour ajouter que rien ou presque, depuis lors, n'avait été amélioré.

Un jeune rappeur de quartier prit à témoin le chef de l'État de la discrimination dont, à l'en croire, les habitants de certaines banlieues ne cessaient d'être la cible…

Toutes ces doléances, pour être sincères, n'en semblaient pas moins très personnelles, pour ne pas dire égocentriques. Et je ne pus que me poser la question : ces gens étaient-ils devenus incapables de faire abstraction de leurs soucis particuliers pour penser de façon plus collective ? Surtout, les questions posées m'avaient paru éloignées de la préoccupation du moment : la sécession en cours à Strasbourg et, au-delà, le délitement d'une République en danger. Il devait revenir à Jeanne de se montrer à la fois plus générale et moins hors sujet ; je dirais que, avec elle, le débat prit de la hauteur et gagna de la tenue.

« Bonsoir… Jeanne-Antide Aubier de La Foa, en Nouvelle-Calédonie. » Elle commença par rappeler que, à la faveur des emprunts contractés solidairement en 2020, les pays membres de l'Union européenne avaient de fait réactualisé le vieil agenda fédéraliste. « Les peuples ont-ils été consultés ? demanda-t-elle avec force ; les a-t-on seulement mis au courant ? » Puis, revenant sur les risques de sécession de Strasbourg, elle conclut son intervention par une question bien crue, à la rédaction de laquelle j'avais eu l'excitation de contribuer :

— Monsieur le Président, articula-t-elle d'une voix posée – voix aussi blanche que son visage –, comment le chef d'un État millénaire, comment l'héritier de Richelieu, de Talleyrand, de Clemenceau, peut-il accepter que soit remise en cause, ouvertement, la souveraineté française en Alsace ? N'avez-vous pas été élu, précisément, sur un programme souverainiste ?

— Mais, mademoiselle, qui vous a dit que je l'acceptais ? rétorqua un monarque républicain, visiblement piqué au vif. Voyez-vous, quand on assume la magistrature suprême, il faut faire la part entre ce que l'on voudrait faire – ce que l'on saurait même devoir faire – et ce que les moyens dont on dispose permettent d'accomplir vraiment. Croyez bien qu'avec l'ensemble des outils, souvent déficients, que le gouvernement et moi-même avons entre les mains, nous ne négligerons rien pour faire tenir ensemble ce qu'il reste de notre beau pays. Si seulement les Français voulaient nous donner leur confiance, si seulement les Français voulaient partager notre engagement à sauver la République !

Jeanne, qui disposait d'un droit de suite, ne se priva pas d'en user :

— Commencez par dire *je* au lieu de *nous* !

— C'est que je ne suis pas tout seul, figurez-vous…

— C'est vous le chef.

— J'en accepte l'augure.

La caméra s'attarda un instant sur les paupières humides du dirigeant ; puis on glissa vers la question, la personne, la séquence suivantes… En dépit de sa brièveté, l'intervention de Jeanne n'était pas passée inaperçue : dès que retentirent les premiers accents du générique de fin, plusieurs personnalités médiatiques se jetèrent sur elle comme sur la révélation de la soirée. Feignant de chercher son chien, elle esquiva ces assauts avec une habileté désarmante, mais ne put se soustraire aux assiduités plus appuyées du patron de la chaîne. Pour s'adresser à Jeanne, celui-ci conserva le masque de papier qui lui dévorait la moitié du visage.

QUATRIÈME DIALOGUE

Le directeur – On m'avait dit de vous : un oiseau rare !

Jeanne – Je ne me savais pas si connue…

Le directeur – Vous allez l'être, croyez-moi : je sais reconnaître les têtes qui vont plaire. À ce propos, dites-moi : ça vous dirait de venir la montrer chez nous, cette jolie frimousse ? Mettons, une fois par semaine – le jeudi en début de soirée, par exemple…

Jeanne – Je ne parle pas à heure fixe.

Le directeur – Remarquez, on peut aussi s'adapter… Tenez, pardon, je vous donne ma carte. Venez tout simplement quand vous en aurez envie !

Jeanne – Ce n'est pas une question d'envie. Il faut que j'aie à dire quelque chose d'utile…

Le directeur (*en riant*) – Pensez-vous, pas besoin ! Beaucoup de ceux que nous mettons à l'antenne n'ont rien de spécial à dire, vous savez ? J'ai pour habitude de rappeler qu'à la télé c'est comme à table : l'appétit vient en mangeant. Vous avez une carte sur vous ?

Jeanne – J'essaie de ne pas trop parler pour ne rien dire…

Le directeur – OK… Faites-moi signe, ravi de vous avoir rencontrée.

Jeanne – Si je comprends bien, mon temps de parole est écoulé…

Le directeur – Pas du tout, mais je vois que le Président va partir !

Jeanne – Écoute-moi : tu es un danger pour la société.

Le directeur – Comment ? Pardon ?

Jeanne – Pas toi, personnellement. Mais la chaîne que tu représentes. Et plus généralement, ce principe d'une actualité permanente… Les gens sont en péril ! En péril d'hypnose.

Le directeur – Ah, je vois : mademoiselle est rétive à l'info en continu ? C'est la nouvelle mode, à ce qu'il paraît…

Jeanne – Je suis rétive au rinçage de cerveau.

Le directeur – Un peu sévère, ça, non ?

Jeanne – On a bien testé l'efficacité du matraquage publicitaire ! Si j'extrais une nouvelle du flot des infos, que je la façonne et la diffuse en boucle, avec un beau titre et des entretiens axés ; quelle chance y a-t-il pour qu'au bout de huit, dix ou douze heures d'affilée je n'aie pas retenu l'attention du public ?

Le directeur – Si tu sais t'y prendre, aucune.

Jeanne – Nous sommes d'accord... Et si cette nouvelle, reprise sur Internet, revient sur mon écran cinq, dix, quinze jours de suite, avec éditions spéciales et tours de table, sais-tu ce que je vais créer dans l'auditoire et, potentiellement, dans l'ensemble de la population ? Une focalisation artificielle – ce que les psychologues appellent une *fièvre obsidionale.*

Le directeur – Peut-être bien, oui... Mais qu'est-ce que tu dirais, si l'on créait une fièvre obsidionale autour de Jeanne Aubrier ?

Jeanne – Aubier, simplement. L'aubier, c'est ce que l'on trouve entre le bois et l'écorce.

Le directeur – Quoi ? Décidément, tu es bizarre...

Jeanne – En 2018, vous avez pris un épiphénomène de révolte fiscale – une de plus – et en avez fait le mouvement paralysant des *Gilets jaunes*. En 2019, vous avez pris un épiphénomène de grèves perlées – archi-habituel – et en avez fait une paralysie générale du pays. En 2020, vous avez – à l'échelle mondiale, cette fois – pris l'épidémie assez classique du coronavirus, et en avez fait une pandémie paralysante pour des dizaines de pays…

Le directeur – Mais dis donc, mademoiselle Je-sais-tout, tu sembles oublier que ce n'est pas nous qui créons l'événement. Je n'ai pas suscité les *Gilets jaunes* ; je n'ai pas imaginé les grèves de 2019 ; je n'ai pas inventé la Covid ! Je me suis contenté d'expliquer aux gens ce qu'il se passait…

Jeanne – Des émeutes raciales soulèvent les États-Unis ; ta chaîne s'en empare, les ressasse pendant deux jours, jusqu'à donner des idées à quelques-uns, de ce côté de l'Atlantique… C'est suffisant pour importer un phénomène qui, sans cette intervention, n'aurait eu en France aucun écho ou presque. De ce fait, une rue, une place, un quartier se soulèvent et font un peu de grabuge – rien de bien grave –, mais les caméras sont là, qui filment en gros plan, avec effet grossissant, des images qui vont passer en boucle. Éditions spéciales, focalisation – juste ce qu'il faut pour susciter de nouvelles vocations et apeurer toute une frange de la population, au demeurant de nature inquiète : les anciens, notamment, qui tendent à se planter devant les chaînes d'info comme, autrefois, l'on se mettait au balcon… L'épiphénomène est mûr pour devenir un événement – ta chaîne le souligne, le magnifie, l'entretient, l'accompagne dans sa croissance... La mayonnaise a pris – car c'est bien ce que tu es : un monteur de mayonnaise...

Le directeur – Foutaises !

Jeanne – C'est dommage... Quel gâchis !

Le directeur – Je ne t'écoute plus.

Jeanne – Tu me fais penser à un joueur d'ukulélé qui découvrirait, par hasard, un stradivarius et s'en servirait de guitare... Une chaîne comme la tienne devrait offrir de vrais débats, permettre la confrontation de points de vue variés, inciter les citoyens à réfléchir par eux-mêmes, à se montrer critiques, à se forger une conscience digne de ce nom... Mais c'est tout le contraire.

Le directeur – Il arrive que nous fassions de la pédagogie ; mais ce n'est tout de même pas notre rôle d'éduquer les citoyens et de fournir des pièces au débat ! Notre mission, à nous, journalistes, c'est simplement d'informer nos contemporains, de la façon la plus objective possible.

Jeanne (*haussant un peu le ton*) – Dans ce cas, pourquoi cette *désinformation en continu* ?

Le directeur (*excédé*) – Tu es complètement fanatisée, ma pauvre !

Jeanne – Je dis simplement que ta chaîne contribue à aggraver les problèmes qu'elle souligne.

Le directeur – Décidément, tu as beaucoup à apprendre !

Un groupe fébrile, dont une partie marchait à reculons, venait d'envahir la coursive : très entourés, le président de la République et ses sbires – je me méfiais de la plupart – s'acheminaient vers la sortie. Argos, bousculé, ne put réprimer un grognement ; quand le chef de l'État l'aperçut, il se baissa pour le caresser, puis fit gentiment un pas de côté pour me saluer.

— Monsieur le Président, puis-je vous présenter mademoiselle Aubier ?

— Mais, chère Anissa, vous savez que, pour un peu, c'est moi qui pourrais vous présenter Jeanne-Antide !

Ma protégée souriait de son beau sourire ; enfin elle touchait au but. Après tant de démarches et d'efforts, à l'issue d'un périple qui l'amenait du bout du monde, elle accédait enfin à ce personnage désigné par ses rêves, et qu'elle avait tout fait pour rencontrer.

— Trouvez-nous donc un endroit tranquille », me glissa le *Grand Chef*. Heureusement, j'avais devancé son désir : une loge vide attendait tout près.

Hélas, le dialogue essentiel qui se noua entre Jeanne-Antide Aubier et le Président ne se trouvera pas dans ces pages. Alors que j'allais solliciter une autorisation, il me pria poliment, mais fermement, de sortir et de m'assurer qu'il pourrait s'entretenir « *avec la chère Jeanne-Antide, à l'abri des oreilles indiscrètes* ». Je m'exécutai, frustrée, passant mes nerfs sur la remuante assistance du couloir :

— S'il vous plaît, mesdames et messieurs, un peu de silence!

Pendant un gros quart d'heure, toutes les paires d'yeux restèrent rivées plus ou moins sur la porte de la loge, comme si, du mouvement de ce battant peint en bleu avait dépendu notre avenir à tous... Enfin, cette porte se rouvrit, et les *smartphones* purent immortaliser la rencontre – des clichés qui, aujourd'hui, appartiennent à l'Histoire...

À mon étonnement, Jeanne montrait à présent un visage tendu, plus pâle encore que de coutume; quant au chef de l'État, tout au contraire, il paraissait régénéré. Son regard affichait une assurance à ce point nouvelle que j'en jugeai le changement spectaculaire. Bien des fois, par la suite, je devais supplier Jeanne de me révéler ce qu'elle avait bien pu dire pour le transfigurer de la sorte. Je me heurterais au plus obstiné des mutismes… Aucun chroniqueur, sur le moment, aucun historien, depuis lors, qui n'y soit allé de son hypothèse ; en vain, selon moi. Mais je ne serais par surprise d'apprendre que, profitant de cet aparté loin des regards et des objectifs, elle avait parcouru, du bout des doigts, le visage présidentiel.

Quoi qu'il en fût, ce quart d'heure marqua un tournant décisif dans la carrière du président-refondateur. C'est sans conteste de cet instant qu'il faut dater le revirement singulier qui, d'un nouveau-venu dans le monde politique, élu grâce à l'appoint de voix décriées, allait faire ce père de la nation, à l'origine du *sursaut gaulois*. Jeanne-Antide Aubier ne révéla jamais ce qu'elle lui dit, ce soir-là ; tout juste reconnut-elle, sur le tard, qu'elle avait livré au Président « le seul secret à connaître, quand on fait de la politique ».

Déjà, le *Grand Chef* avait rejoint son convoi. Alors que, dans le crépitement des flash, nous guettions un signe de notre garde du corps, Jeanne fut abordée par un des membres du panel, ce jeune rappeur dont j'avais décelé les origines kabyles – ce sont les miennes – et qui, lors de l'émission, m'avait semblé remonté contre *les Français*, bien qu'il possédât lui-même, sans doute de naissance, la nationalité.

CINQUIÈME DIALOGUE

Le rappeur (*s'adressant au chien, sans le toucher*) – Elle est géniale, ta patronne ! Elle lui a mis la honte, au babtou-chef.

Jeanne – C'est le Président que tu appelles ainsi ?

Le rappeur – C'est le chef des babtous, non ? Des Blancs, quoi…

Jeanne – Il est ton chef autant que le mien…

Le rappeur – J'ai pas de chef, moi. Sérieux ! Pas utile…

Jeanne – Et l'émission, tu l'as trouvée utile ?

Le rappeur – *Pourrave*. Mais je le savais avant de venir…

Jeanne – Tu es venu quand même.

Le rappeur – Il fallait dire à tous ces bouffons qu'on n'en a rien à battre, nous, des problèmes de Strasbourg et du reste !

Jeanne (*après un silence*) – Tu sais à qui tu me fais penser ?

Le rappeur – À qui ? Allez !

Jeanne – À un client de l'hôtel que tiennent mes parents. Un jour, il est venu se plaindre, à la réception, parce qu'on exhibait sous la fenêtre de sa chambre une piscine avec des transats et, plus loin, une plage privée, avec des parasols… Alors que lui, disait-il, n'avait même pas un petit balcon où se faire bronzer ! Ma mère lui a expliqué qu'en tant que client il était le bienvenu sur la plage et à la piscine ; mais lui n'a rien voulu entendre ; il s'est contenté de retourner dans sa chambre, en se plaignant de ne pas avoir de balcon…

Le rappeur – Aucun rapport !

Jeanne – Les transats et les parasols sont à ta disposition, à condition que tu veuilles bien sortir de ta chambre.

Le rappeur – Sauf que si moi et mes potes on débarque à la piscine, le vigile va nous jeter !

Jeanne – Il faudrait peut-être que tu commences par venir seul… Et que tu sois gentil avec le vigile, poli avec les clients qui sont des habitués… Si tu sais t'y prendre et te montrer amical, je ne vois pas pourquoi ils te rejetteraient plus qu'un autre. Au fond, c'est une question d'apprivoisement mutuel…

Le rappeur – Oui, dans tes rêves !

Jeanne – Je préfère le client qui participe à celui qui se claquemure. Le client qui se mêle à celui qui se plaint – ou à celui qui vole et casse…

Le rappeur – T'es incroyable ! Sauf que c'est pas mon hôtel, à moi, ici.

Jeanne – Le nom de l'hôtel figure sur la réservation…

Le rappeur – Où ça ?

Jeanne – Sur ton passeport !

Le rappeur – Y a écrit *Français*, sur mon passeport.

Jeanne – Donc, tu es dans le bon hôtel… Ce n'est peut-être pas celui dont tu rêvais, mais c'est le tien – il va falloir t'y faire… En attendant de contribuer à l'améliorer, qui sait ?

Le rappeur – Et puis quoi, encore ?

Jeanne – *Et puis quoi, encore...* Tu parles déjà comme un Berrichon... Tu ne te sens peut-être pas français, mais si je t'emmène en Nouvelle-Zélande, en Malaisie ou n'importe où dans le monde, je ne te donne pas longtemps pour chercher les gens qui parleront français... Ce pays que tu ne portes pas dans ton cœur, il s'y trouve déjà sans que tu le saches.

Le rappeur – Perso, j'ai rien contre les Français. C'est les Français qui veulent pas de nous !

Jeanne – Tu perçois et partages, depuis toujours, la nostalgie de ta famille pour une autre terre. Je peux te demander d'où viennent tes parents ?

Le rappeur – D'Algérie.

Jeanne – Et tu en rêves, de l'Algérie ?

Le rappeur (*avec un grand sourire*) – J'y suis jamais allé.

Jeanne – Pas besoin d'y être allé pour l'aimer. Moi, j'arrive à Paris pour la première fois ; cela ne m'empêche pas de sentir ma gorge se serrer quand on prononce les noms de Montmartre, de Passy ou de la Butte-aux-Cailles... Parce que mes parents s'y sont connus, s'y sont aimés... Parce qu'ils m'en ont assez parlé pour me faire rêver.

Le rappeur – Mon père est mort, et ma mère parle pas du passé.

Jeanne – Il n'empêche, c'est l'Algérie qui fait battre ton cœur... Problème : ce n'est pas ton pays ; c'est celui de tes parents et de tes grands-parents... Ton pays à toi, celui de tes enfants et de tes petits-enfants, c'est la France – que tu le veuilles ou non. Ça vaut le coup d'apprendre à la connaître un peu.

Le rappeur – Elle veut pas de moi, la France.

Jeanne – Évidemment... Si tu entres à la piscine avec tes chaussures, en trimballant un pack de bière et un caisson de basses, il y a des chances pour que certains clients te demandent de sortir – les plus francs, du reste... Mais, rien que pour voir, tu devrais essayer d'entrer avec le peignoir de l'hôtel, un cocktail sympa à la main !

Le rappeur – Tu fais une fixette sur la piscine, sérieux !

Jeanne – Il y a autre chose qui, au milieu des transats, risque de faire un peu tache : ce sont les tapis de prière !

Le rappeur – Non mais t'es *ouf*, toi...

Jeanne – Je dis seulement que, pour se faire adopter de *la fille aînée de l'Église*, afficher sa foi musulmane – si pure et belle soit-elle – et en faire un étendard n'est peut-être pas le meilleur moyen.

Le rappeur – Si mes frères se tournent vers l'islam, c'est parce que c'est la seule chose de bien qu'ils aient dans leur vie.

Jeanne – Je ne dis pas le contraire… Je sais que, pour que la France soit aimée, il faudrait qu'elle se montre aimable. Attirante. Qu'elle s'affiche heureuse, légère, pleine de fierté pour son histoire. Et d'enthousiasme pour son avenir.

Le rappeur – Elle est morte, ta France. L'avenir, c'est nous.

Jeanne – La France est plus vivante que tu ne crois. Quant à son avenir, il t'inclut autant que moi, autant que nous tous.

Sans l'intervention de notre garde du corps, j'aurais peut-être eu quelque mal à mettre un terme à cet échange… Nous reprîmes, de nuit, la route de Versailles. Dans la pénombre feutrée de la berline, je taquinai Jeanne, non sans une pointe d'ironie :

— Les gens de média sont déjà fous de vous…

— Tu es jalouse ?

Je voulus connaître ses impressions sur le chef de l'État.

— Je n'aime pas parler des personnes en leur absence, me coupa-t-elle, sans adopter un ton de reproche pour autant.

— Vous l'imaginiez comme cela, le Président ?

— Tu sais, en Nouvelle-Calédonie, on a la radio et la télé. Même Internet !

Je me le tins pour dit ; mais j'aurais pu jurer que le charme du *Grand Chef* ne l'avait pas laissée indifférente.

Ce soir-là, avant d'aller se mettre au lit, Jeanne me demanda s'il me serait possible de lui lire deux ou trois pages d'un livre qu'elle avait dans ses bagages :

— N'importe lequel, me dit-elle ; cela m'intéresse de voir ce que tu choisiras.

Cet ouvrage était une édition déjà ancienne d'un compendium, *L'Histoire* d'Arnold Toynbee, historien britannique à l'immense érudition, et qui avait classé les civilisations selon de grands modèles. Toynbee pensait que celles-ci naissaient, se développaient et mouraient en respectant plus ou moins un processus inéluctable...

Quand je me tus, Jeanne me sourit et dit :

— Notre civilisation va mourir ; je le sais, c'est dans l'ordre des choses. Mais avant cela, il serait si beau d'offrir à l'Occident judéo-chrétien son baroud d'honneur ! Plus j'y pense, plus j'en rêve, et plus je me dis que c'est en France que peut, que doit se faire la dernière floraison.

La dernière floraison : je devais, plus tard, reprendre ce terme et le faire prospérer… Toujours étonnée de voir une gamine s'enthousiasmer pour des questions aussi austères, je lui demandai comment lui était venue cette passion pour le destin de l'humanité.

— Après avoir perdu la vue, j'ai été saisie de terribles crises de panique, murmura-t-elle. J'ai compris que, pour les apaiser, il me faudrait sortir de moi-même et, dépassant les bornes de ma pauvre personne, épouser une cause plus générale et plus collective.

Pendant l'émission, le conseiller spécial m'avait fait parvenir pas moins de trois messages. Le premier m'annonçait que lui-même avait quitté la Lanterne afin de « se ressourcer un moment dans ses terres », mais que des agents de la DGSE s'y présenteraient, le lendemain, pour passer au crible le parcours de Jeanne – histoire de s'assurer, sans doute, qu'elle n'était pas à la solde d'une puissance étrangère…

Le deuxième message, plus laconique, m'annonçait que, le palais de Élysée n'étant plus assez sûr, les services de la présidence seraient « temporairement transférés » au château de Rambouillet. Quant au troisième, carrément télégraphique, il disait, mot pour mot : « Soyez là samedi [à Rambouillet] ; le *trust* veut voir ce qu'elle a dans le ventre. » Le *trust*, c'était le cénacle rapproché des conseillers du prince… Je préférai ne transmettre à Jeanne, pour commencer, que le premier message.

5
Rambouillet

La vérité absolument exacte
paraît toujours fantastique.

Le château de Rambouillet, ancienne résidence d'été des présidents de la République, avait été confié, depuis une douzaine d'années, au Centre des monuments nationaux. Mais durant la sinistre année 2021, on y avait rafraîchi – et connecté – quelques appartements et bureaux, à l'usage éventuel de l'Élysée. Avait-on prévu que les désordres parisiens obligeraient à des solutions de repli ? Toujours est-il que, en ces temps de *Déconfiture*, ce qu'il restait de collaborateurs fidèles au Président s'était partagé les lieux. Les mètres carrés y étaient à ce point disputés que Jeanne et moi fûmes logées en dehors du château, dans un hôtel de charme loué par l'État, juste en bordure du domaine. Arrivées le vendredi, au tout début de la soirée, nous avons profité d'un temps anormalement doux pour marcher dans le parc avec Argos, découvrir les *fabriques*, tourner autour de cette demeure où, comme je ne pus m'empêcher de le lui signaler, François Ier avait rendu l'âme, mais aussi Mme Coty…

De ce même parc de Rambouillet, le 2 août 1830, le comte de La Rochejaquelein était parti à bride abattue pour Gallardon, à une vingtaine de kilomètres à peine. Alors que Paris, déjà, s'embrasait des feux d'une autre révolution, l'homme de confiance du roi Charles X était allé chercher dans ce village beauceron l'oracle du bonhomme Martin, simple laboureur qui, sous le règne précédent, avait transmis à Louis XVIII un message de l'archange Raphaël – rien de moins !

— Dis-toi que ce simple paysan, traîné par un ministre jusqu'aux ors des Tuileries, a su tirer des larmes au roi obèse, expliquai-je à Jeanne.

— En lui disant quoi ?

— On ne sait ce qui a fait pleurer Louis XVIII. « Gardez-en le secret, lui a dit Martin ; il n'y a que Dieu, vous et moi qui saurons jamais cela… » Et il a ajouté : « L'ange m'a annoncé que vous êtes trop bon et que votre grande bonté vous conduira à de très grands malheurs. » À quoi le monarque, tout chamboulé, aurait seulement répondu : « S'il revient, vous lui demanderez comment il faut que je m'y prenne pour gouverner… » C'est aussi, en gros, ce que t'a demandé le Président, l'autre soir ! Non ?

— Bien essayé.

Nous sommes parties d'un rire si complice que, tant d'années après, y penser me remue l'âme.

Sans doute pour m'être agréable, Jeanne voulut en savoir davantage sur ce qui unissait le laboureur de Gallardon à l'archange Raphaël. Et d'abord, comment l'avait-il identifié ?

— C'est le spectre qui a fini par se nommer lui-même, un jour que Thomas Martin commençait à douter, lui répondis-je. Cette sorte de spectre qu'il était seul à voir, et qui lui est apparu environ vingt-cinq fois, dans les lieux et dans les moments les plus inattendus…

— Mais j'imagine qu'avant de le conduire aux Tuileries on s'était renseigné sur lui…

— Forcément ! On l'a même fait examiner par toutes sortes de psychiatres avant la lettre, dont le médecin-chef de l'asile de Charenton. Or, tout le monde l'a toujours trouvé sain d'esprit !

Jeanne, comme souvent, tira de l'anecdote son principe essentiel :

— Ce qui me fascine dans ton histoire, me dit-elle, c'est le dialogue immédiat entre le roi de France, là-haut, tout là-haut, et le laboureur de Beauce aux sabots crottés, là-bas, tout en bas. Ce dialogue immédiat entre le peuple et le souverain, en un temps où le peuple n'est pas encore souverain…

Je marchai tout un moment, silencieuse, à ses côtés, puis conclus par l'oracle que, en 1830, avait rapporté de Gallardon le confident du successeur de Louis XVIII :

— Pour Charles X, c'était fichu, tout le monde le savait. Mais Thomas l'a confirmé : « Le roi ne remontera pas sur le trône. Il y a derrière lui comme une main qui le repousse… »

— Parce que tu l'appelles carrément *Thomas*, maintenant ?

— Oui… C'est un peu mon ami, ce gars-là. Et je me dis que c'est ton frère jumeau !

Le matin même, deux agents de la DGSE étaient venus, à la Lanterne, interroger ma protégée. L'essentiel de leur travail avait dû s'effectuer, en amont, par voie numérique. Ils ne lui en posèrent pas moins, en rafale, une batterie de questions-pièges dont elle dut se tirer sans peine – à en juger par les mines épanouies des deux hommes, à la sortie. « Je crois que je les ai épatés », devait me confier Jeanne – sans que j'aie pu savoir si elle prenait la chose au sérieux.

Un second examen l'attendait – autrement délicat, celui-là : la journée du samedi devait être dévolue à une confrontation ouverte entre la jeune femme, fraîchement débarquée de Nouméa, et les membres encore présents du cabinet présidentiel. L'objet de ce *grand oral* était de s'assurer que l'on pouvait faire confiance à cette voix nouvelle, « avant de la lâcher dans la nature » – autant dire au cœur de la mêlée strasbourgeoise… Le vendredi, après dîner, j'avais tenté d'entraîner celle dont je me demandais, pour être honnête, si elle était armée pour la mission qu'on prétendait lui confier. La feinte malveillance de mes questions, posées à un rythme il est vrai soutenu, l'avait du reste fait battre en retraite.

— Tu prétendais me mettre en confiance, me dit-elle, c'est réussi : maintenant, je suis morte de trac !

Il m'aurait paru normal d'assister Jeanne dans cette première épreuve véritable ; mais on me fit savoir, dès l'aube du samedi, que ma présence n'était pas désirée. Sans doute le *trust* souhaitait-il rendre les plus stressantes possible les conditions du test… Je tentai bien de relancer le patron jusque dans ses terres de l'Ouest ; mais son portable sonna longuement dans le vide. En y repensant aujourd'hui, je me dis que ce n'était pas un hasard. Faute de mieux, je priai Jeanne d'enregistrer les échanges à ma place. Elle eut la gentillesse de s'en acquitter – hélas, une manipulation malheureuse devait faire disparaître la trace de ces quatre heures et demie. Des années durant, j'ai voulu croire qu'un des conseillers aurait eu l'idée d'enregistrer l'entretien, et qu'on allait un beau jour en voir émerger quelque transcription, même approximative... Au bout d'un demi-siècle, c'est devenu fort improbable ; et je crains qu'il ne nous faille à jamais nous contenter des bribes.

Le peu qu'on lira donc ci-dessous provient d'un essai de reconstitution que nous avons établi, dans les jours qui suivirent ; aussi bien ne puis-je affirmer que ces mots soient exactement ceux qui furent prononcés. Dans l'austère salle à manger royale et présidentielle, pleine encore du souvenir du tout premier sommet du G6, en 1975, cinq membres du cabinet – deux femmes, trois hommes – s'étaient installés d'un côté de l'imposante table. Leur faisant face, toute seule, celle que l'arrogant aréopage devait considérer comme une candidate imposée, voire parachutée. Jeanne n'avait sous la main, pour consulter d'éventuelles notes, qu'un petit afficheur braille, qu'elle maniait d'ailleurs avec une dextérité sidérante.

D'entrée de jeu, la directrice du cabinet opta pour un ton mordant :

— L'on nous dit, mademoiselle, que vous êtes une célébrité en Nouvelle-Calédonie… Qu'avez-vous fait pour le devenir ?

La réponse fusa :

— Je ne suis célèbre nulle part. J'ai pu jouir, jusqu'à ce jour, de ce bien précieux qu'est l'anonymat.

— Cependant vous attirez du monde au kiosque de Nouméa…

— Il est vrai que je suis connue, place des Cocotiers ; je ne pense pas que cela fasse de moi une célébrité. Mais je sais comment me faire entendre des gens…

Un conseiller crut devoir relever ce paradoxe :

— Ne pensez-vous pas que, pour se faire entendre du public, il soit préférable de lui présenter un visage familier ?

— Le visage du Président est familier aux Français, celui de la Première ministre l'est aussi ; pourtant, ils ne sont plus entendus, ni l'un ni l'autre…

— Disons, ricana l'examinateur, que c'est une condition nécessaire, à défaut d'être suffisante !

— Disons surtout que ce n'est pas notre sujet.

Un troisième intervint :

— Dans ce cas, quel est-il, notre sujet ?

Réponse encore plus cinglante :

— Vous êtes venus à cinq pour me le dire.

À plusieurs reprises, l'échange avait ainsi menacé de virer à la passe d'armes ; et la directrice du cabinet avait chaque fois dû reprendre la main, soucieuse qu'elle était de manifester son apparente bienveillance… En me racontant cela, Jeanne ne pouvait s'empêcher de rire : « *Ses gentillesses avaient l'amertume du poison* », me dirait-elle. L'autre femme du jury était la chargée de Communication. S'étant trouvée, deux jours plus tôt, sur le plateau de l'émission *À vous, la parole !*, elle revint sur l'intérêt qu'avait manifesté Jeanne pour le souverainisme du candidat devenu président.

— Vous-même, lui demanda-t-elle, vous définiriez-vous comme souverainiste ?

— Je me méfie des grands mots et me dérobe aux étiquettes. Mon ambition est de rendre au peuple français la maîtrise de son destin. Je voudrais que les gens aient de nouveau la faculté de choisir, aux élections, entre des options politiques claires ;

que leurs élus gardent la haute main sur les frontières du pays, sa monnaie, ses choix budgétaires ; qu'un citoyen national ait dans ce pays plus de devoirs, mais aussi plus de droits qu'un ressortissant étranger… Si vous pensez que cela fait de moi une *souverainiste*, libre à vous de m'appeler ainsi.

Cette déclaration – me raconta Jeanne – sembla rassurer les examinateurs, eux-mêmes issus de la coalition victorieuse en février. Mais elle inquiéta sans doute la chargée de Communication, plus consciente que d'autres de la sensibilité chatouilleuse des médias à certains sujets.

— Imaginez, insista-t-elle en se raclant la gorge, qu'une vague massive de migrants vienne inonder nos côtes. Quel conseil donneriez-vous au Président ?

— Je ne suis pas, contrairement à vous, chargée de conseiller le Président.

— Quelle réaction, insista un autre, pourriez-vous préconiser ?

— Je pense comme ces bouddhistes qui, très sagement, rappellent que les fleurs à pistil blanc peuvent donner des corolles noires ; les fleurs à pistil noir, des corolles blanches…

— Ce n'est évidemment pas une réponse.

— Alors, disons que je ne suis pas, spontanément, très favorable à l'accueil des immigrants.

— Donc vous reviendriez sur les vieilles traditions d'accueil et d'asile…

— Si je me dis accueillante et ouverte, je conforte la belle image que j'ai de moi ; c'est un avis de confort. Si, eu égard aux conséquences prévisibles et par respect pour les générations qui me suivront, je remets en cause ce que vous appelez des *traditions d'accueil et d'asile*, je prends un risque par rapport à mon amour-propre et à l'estime dont les autres me gratifient ; c'est un avis d'effort. Je fais en effet l'effort d'aller contre les idées agréables ; je fais le sacrifice de mon image de femme ouverte et accueillante pour sauvegarder ce que j'ai reçu en héritage et protéger ceux auxquels je transmettrai cet héritage. Puis-je livrer l'image qui me vient ? Il est conseillé d'utiliser un peu de cannelle pour parfumer la compote de pommes. À juste dose. Passé cette dose, la cannelle prend le dessus ; et viendra le moment où l'entremets ne sera plus une compote de pommes. Je suis très convaincue de la nécessité de ne jamais dépasser la dose raisonnable.

Un conseiller pria Jeanne de préciser encore sa position sur l'immigration.

— Laissons la France accueillir vraiment, intégrer pleinement et, culturellement, *assimiler* les populations déjà sur son territoire ; cela demandera un peu de temps et supposera sans doute l'instauration d'un moratoire... Après cela, quand la plupart des nouveaux arrivés se sentiront français avant tout, il sera temps de rouvrir les frontières, mais de manière progressive, contrôlée et sélective.

À ces mots, la communicante ouvrit de grands yeux ; dans ses veines, le sang s'était glacé :

— Et vous allez dire cela à la télévision ? Vous allez vous montrer aussi dure, aussi peu humaine ?

Comme si elle n'avait attendu que cette objection, Jeanne émit d'une traite la réponse suivante, devenue si fameuse pour avoir, depuis, été placée par la Première ministre d'alors en exergue de ses *Mémoires* :

— Face à l'immigration de masse, la position de confort serait de me dire humaine, ouverte au monde, accueillante à toutes les détresses, prête à voir s'installer dans mon pays tous ceux qui en manifestent le désir – et de m'en tenir à cela. Position de confort, donc, dictée par la paresse intellectuelle et la lâcheté politique. Mais il existe aussi une position d'effort ; avec, ici, un effort double : celui d'assumer aux yeux des autres l'image d'une femme dure et peu accueillante ; celui de me donner la peine d'aider les personnes déjà entrées à trouver leur place dans une société respectueuse de nos traditions. Courage intellectuel et vertu politique – je choisis, pour ma part, la position d'effort. Question de cœur!

Par la suite, Jeanne devait me confier que, au-delà de cette dichotomie confort/effort, il existait une distinction essentielle entre sphère privée et sphère publique, entre élan intime de générosité et position officielle de fermeté.

— Personnellement, me confessa-t-elle, si je rencontre un immigrant dans la détresse, je vais m'employer à le secourir, comme un humain traite un autre humain ; voilà pour la sphère privée. Mais dans la sphère publique, il n'en va pas de même. Car, si l'on m'investit des affaires de la Cité, mon devoir sera de brider mes élans naturels pour n'envisager que le bien, à long terme, de ceux dont j'ai la charge. La véritable humanité d'un chef peut, dans certains cas, consister à se montrer inhumain ; il lui faut même, afin d'être politiquement juste, savoir parfois se montrer injuste... Pour plagier André Gide, je dirais que ce n'est pas avec de bons sentiments qu'on fait de la bonne politique.

Sans faire référence à Max Weber et à sa dissociation entre *l'éthique de conviction* et *l'éthique de responsabilité*, je demandai à notre *recrue* si elle avait dit cela aux examinateurs :

— Non, me confia-t-elle, car je n'étais pas sûre de leur maturité.

— Enfin, mais… Tu parles des conseillers du Président !

— Précisément.

Ainsi, des heures d'affilée, Jeanne-Antide Aubier était-elle passée sous le feu croisé des questions du *trust*. Il ne s'agissait pas moins que de déterminer si, oui ou non, elle serait investie d'une mission historique et s'en irait croiser le fer, sur différents théâtres, au nom de la majorité souffrante. Je crois pouvoir écrire que l'exercice ne lui déplut pas trop.

— Tu aurais vu leurs têtes ! me dit-elle à la sortie, d'un ton malicieux, comme si elle-même avait pu dévisager ses juges…

De fait, les réponses de Jeanne, toujours simples, toujours nettes, avaient paru magiques à ces conseillers torturés ; par leur exceptionnelle sincérité, elles les fascinèrent, en définitive, et eurent tôt fait de prouver leur efficacité : le soir même, le *trust* faisait savoir à qui de droit que l'on pourrait, « sans crainte particulière pour l'image présidentielle », envoyer à Strasbourg cette Néo-Calédonienne, munie de tous les sauf-conduits et investie, cette fois, d'une mission officielle.

6
Kairos

Les hommes qui croient
réellement en eux-mêmes
sont tous dans des asiles d'aliénés.

Il ne me fallut guère plus d'une semaine pour découvrir, sous la sérénité de surface, cette inquiétude qui, telle une lame de fond, tourmentait la jeune prophétesse. Pour la résumer en peu de mots, disons que Jeanne craignait d'apparaître, aux yeux d'un monde toujours pressé, comme la gardienne anachronique de valeurs poussiéreuses, face à des adversaires qui, au contraire, se voulaient tournés vers le futur.

— Je vais être l'égérie d'un monde perdu, me lâcha-t-elle, comme découragée, sur la route de l'Alsace.

Me rappelant qu'elle venait de laisser en plan une thèse sur les auteurs post-victoriens, je hasardai un exemple tiré de l'histoire britannique : en 1940, la vieille Angleterre de Churchill, volontiers villageoise et retardataire, faisait figure de monde passéiste face à la futuriste Allemagne de Hitler, vantée par certains comme un horizon flambant neuf. On sait qui l'emporta finalement, et dans quelles proportions ; on sait aussi ce que le régime hors-sol des nazis produisit d'horrible et d'impardonnable. Je lui citai sir Arthur Bryant, considérant en 1941 qu'à l'Allemagne ferait toujours défaut « cette réserve d'énergie accumulée qui ne peut venir que d'une vie calme et paisible ». Jeanne, à ces mots, se redressa et, d'un air inimitable, me demanda :

— Crois-tu que j'aie opté pour *une vie calme et paisible* ?

À l'époque, cela nous fit rire.

L'arrivée à Strasbourg de la petite championne élyséenne ne passa pas inaperçue. La veille, apprenant qu'une jeune oratrice avait été dépêchée dans la cité en pleine ébullition, la porte-parole du collectif séparatiste avait commis un *tweet* acerbe ; j'avais sauté sur cette aubaine pour obtenir de la radio publique locale une courte interview croisée des deux jeunes femmes. Certains m'objecteront que ce débat public ne relève pas vraiment, comme les autres dialogues transcrits dans ces pages, de l'échange de vues spontané ; j'ai choisi de l'y faire néanmoins figurer, pour les éclaircissements qu'il recèle. J'en ai retranché les relances du présentateur.

SIXIÈME DIALOGUE

La porte-parole – **Ce qui est en projet ici relève de l'expérience : nous construisons le labo du futur. On a demandé le soutien officiel de l'Union européenne, pour rétablir la paix pour toutes et tous, ainsi que le vivre-ensemble ; et puis, c'est vrai, pour offrir aux Strasbourgeoises et aux Strasbourgeois un tissu urbain mieux connecté à la nature.**

Jeanne – ***Une ville à la campagne*, comme aurait dit Alphonse Allais.**

La porte-parole – **Oui, j'accepte votre formule, pourquoi pas ?**

Jeanne – **Je pensais faire de l'humour… Vous autres défigurez partout des paysages à coups d'éoliennes – ces monstres de béton très coûteux, qui prolifèrent dans la campagne et sur les côtes,** pour enrichir le petit nombre de ceux qui sont dans la combine. Est-ce pour faire passer cette pilule et d'autres que vous parlez – je cite votre tract – d'*instiller de la verdure au cœur de la ville* ? Il est vrai que les électeurs écologistes sont en ville, et non à la campagne…

La porte-parole – Nous sommes au-dessus de ces calculs ! Il faut vous mettre à la page et dans le mouvement : l'idée n'est pas de recréer au sein de l'urbain une campagne de pacotille ! L'idée, c'est de rendre les agglomérations plus respirables à toutes et à tous.

Jeanne – Autrement dit, de forger un monde où les villes seront plus vertes, et les campagnes plus grises – en somme, un paysage indistinct, partout vert et gris, et qui, nulle part, ne présentera plus ni la virginité de la nature, ni la civilité de la culture. Une sorte de zone écoresponsable à perte de vue… Mais là n'est pas le plus important.

La porte-parole – Et de quel droit est-ce vous qui décidez, dans ce débat, de ce qui est important ou pas ? Je vous trouve incroyablement directive !

Jeanne – Je sais seulement que le temps nous est compté. On nous a donné dix minutes, que nous pourrions consacrer à ces pays producteurs que l'on ravage pour fabriquer les batteries des voitures électriques ; aux mesures anti-circulation, dont le premier effet est d'augmenter les bouchons et, partant, la pollution ; aux marchés juteux créés par toutes sortes de labels équitables... À tout ce Vert Enfer que vous nous promettez, à coups de mesures punitives.

La porte-parole – Pardon, mais je ne suis pas certaine que vos préoccupations formelles, esthétiques même, résument à elles seules les enjeux de l'écologie – que vous caricaturez d'ailleurs. Avec vos éléments de langage, vous évacuez la qualité de l'air et de l'eau, l'émission des gaz à effet de serre et, d'une façon générale, les conséquences nocives du consumérisme...

Jeanne – Autant d'articles de foi... Il y a les questions d'environnement, qui nous concernent tous, et puis les questions idéologiques dont votre discours est teinté. Tout être humain est inquiet de la prolifération des particules fines, de la raréfaction des abeilles ou de l'accumulation de matières plastiques dans les océans... Une plus grande attention portée à la nature devrait se trouver au cœur de n'importe quelle politique. Mais c'est justement ce qui me fait regretter que vous, les écologistes estampillés, vous occupiez davantage de débats de société que de mesures environnementales. Au fond, votre souci de l'intégrité des espèces s'applique au végétal et à l'animal mais, lorsqu'il est question de tripatouiller la biologie humaine, plus rien ne vous dérange…

La porte-parole – Alors là, *fake news* ! Comment peut-on oser ? C'est donc ça, l'arme secrète de l'Élysée ? Une réactionnaire bien moisie qui crache sur les gens sans aucun respect ? D'abord, comment, parlant d'où vous parlez, osez-vous évoquer *une plus grande attention portée à la nature* ?

Jeanne – On peut aimer la nature sans adhérer à la culpabilisation de masse. Parlons d'économie circulaire et non de décroissance – ou, plutôt, n'en parlons pas ; car il nous reste quelques minutes à peine pour évoquer l'avenir de Strasbourg, et votre initiative à destination de Bruxelles !

La porte-parole – Votre handicap ne vous donne pas le doit de diriger ce débat !

Jeanne – Je ne vois pas de quel handicap on parle…

La porte-parole – Le fait que vous soyez non voyante.

Jeanne – C'est justement ce qui me rend un peu voyante !

La porte-parole – Vous croyez peut-être que c'est en vous moquant des auditrices et des auditeurs que vous allez faire passer vos idées toutes rances ?

Jeanne – Je ne savais pas qu'en matière d'idées aussi il existait des dates de péremption !

La porte-parole – Vous voulez que je vous dise ce que je ressens en vous écoutant ? De la peur ! Oui, j'ai peur que vous ne redonniez vie à ce que l'on croyait mort depuis longtemps ; je veux parler du fascisme !

Jeanne – Pardon ?

La porte-parole – Parfaitement : du fascisme ! Vos idées ne sont peut-être pas fascistes, mais elles sont en tout cas *fascistoïdes.*

Jeanne – Qui, de nous deux, se rapproche le plus du fascisme ? Celle qui pose des questions et parle librement, ou celle qui assène des vérités officielles en dénigrant l'adversaire ? Celle qui en appelle au débat populaire, ou celle qui s'en remet de l'avenir à une instance toute-puissante et non démocratique ? Celle qui veut renouer sagement la chaîne du temps, ou celle qui prétend entraîner ses concitoyens dans une aventure sans repères ?

La porte-parole – On aimerait bien savoir d'où vous les tirez, vos sacro-saints repères !

Jeanne – De l'Histoire. C'est en découvrant l'histoire de France que j'ai appris ce qu'il a fallu d'efforts à nos rois pour faire de ce pays un grand État unifié ; tout ce qu'il a fallu de sacrifices à notre République pour qu'elle conserve son intégrité, son indépendance et, jusqu'à des temps récents, la souveraineté de son peuple. Comment ne pas voir qu'en se tournant vers Bruxelles au détriment de Paris on porterait à la France un coup fatal ?

La porte-parole – Nous sommes plus républicains que vous ; et contrairement à vous, nous aimons beaucoup l'Europe…

Jeanne – J'aime l'Europe autant que la France, ou presque. Mais ce n'est pas à l'Europe que tu fais allusion ; c'est à l'Union européenne – autant dire, peut-être, le plus grand adversaire de l'Europe. Car ce n'est pas vers l'Europe que se tourne ta coalition ; c'est vers la Commission de Bruxelles !

La porte-parole – C'est ce que veulent – les instituts de sondages sont à l'unisson – les Strasbourgeoises et les Strasbourgeois ; nous en avons assez de la pagaille !

Jeanne – C'est donc au nom de l'ordre qu'on voudrait instituer le désordre… Heureusement, dans leur majorité, les Français vont s'y opposer.

La porte-parole – Comment voulez-vous que les Françaises et les Français s'opposent aux choix locaux des gens ?

Jeanne – C'est une question de souveraineté nationale ; ils pourraient le faire par la voie du référendum. Ce qui rendrait caduque la démarche de la coalition.

La porte-parole – Il n'y a pas, que je sache, de référendum d'initiative populaire en France…

Jeanne – Qui a parlé d'une initiative populaire ? L'initiative appartient au président de la République.

La porte-parole – Et vous êtes en train de nous dire que le Président serait prêt à donner la parole au peuple, sur une question comme celle-là !

Jeanne – Je ne peux pas m'exprimer en son nom… Mais disons que, si j'étais à sa place, c'est exactement ce que je ferais.

Je fermai les yeux et serrai les dents ; je n'écoutai même pas les ultimes échanges… Il n'est pas d'usage, dans la pyramide du pouvoir, qu'un élément subalterne s'autorise à forcer ainsi la main du chef de l'État – surtout à propos d'une décision aussi lourde qu'un recours au référendum ! L'initiative de Jeanne, tellement imprévisible, paraissait suicidaire. Le *trust*, j'en étais sûre, allait réagir sans pitié ; et cette fois, l'autorité du conseiller spécial serait impuissante à sauver la tête de notre inconsciente.

Preuve qu'il suivait les choses de près, le conseiller spécial nous appelait avant même que nous n'ayons quitté les studios.

— Anissa ? Passez-la-moi, que je l'embrasse ! Cette gamine est géniale. J'ai été bien inspiré de la recruter.

Un peu éberluée, je confiai mon téléphone à Jeanne qui, d'un air impénétrable, reçut tout un flot de compliments. Une demi-heure plus tard, le patron nous rappela pour annoncer qu'il comptait sur elle, dès le lendemain, pour prendre la parole en public. On allait profiter de l'anniversaire du déclenchement de la bataille d'Alsace. Le discours officiel – soudain revêtu d'une importance inouïe – aurait dû être prononcé par le secrétaire d'État auprès du ministre des Armées.

— C'est Jeanne qui va s'y coller, lança le patron, tout exalté de sa propre audace. En tant qu'envoyée de l'Élysée. Jeanne et personne d'autre, vous m'entendez ? Je viens d'en parler au *Grand Chef*, il est d'accord.

Précisons que, par un sobre communiqué, l'Élysée avait repris l'initiative, expliquant que Jeanne-Antide Aubier n'avait lancé cette idée d'un référendum qu'en étroite concertation avec le chef de l'État. La vérité aurait dû m'effleurer : cette histoire avait été arrangée avec le Président, derrière la porte bleue d'une loge de télévision…

Oserai-je avouer que, sur le coup, je me sentis dépassée, dépossédée même ? À proposer, sans crier gare, une solution à ce point ambitieuse, à ce point surprenante aussi, *l'enfant de La Foa* venait de faire la preuve d'un sens politique hors du commun. Elle prenait tout le monde à contre-pied, offrait à la majorité une cause populaire et se conférait à elle-même, d'emblée, un statut. Cette gamine, la veille encore inconnue, allait convoquer aux urnes le peuple français ! En quelques heures, son nom fut le plus souvent proposé aux moteurs de recherche, le plus abondamment cité par les médias nationaux et même internationaux. Encore lui fallait-il se montrer à la hauteur d'une attente soudain gigantesque, et ne pas manquer le discours, plus qu'attendu, qu'elle s'apprêtait à prononcer.

Nous restâmes, à l'écrire, toute une journée dans sa suite d'hôtel. J'avais assourdi mon téléphone et commandé au *room service*, pour l'heure du déjeuner, un grand plateau à partager. Un employé de l'hôtel s'étant proposé de promener Argos, nous n'avons même pas eu à nous soucier des contingences... À mesure que venaient les idées, que se formaient les phrases, que nous apparaissaient des formules justes et fortes, nous sentions naître entre nous une complicité nouvelle – jusqu'à nous faire l'effet de lycéennes en train de réviser le bac ou, pour mieux dire, d'étudiantes peaufinant l'exposé du siècle !

Rédiger des discours était alors mon métier ; et, sans vouloir me mettre en avant, il me semblait que, dans cet exercice, l'initiative me revenait. Je conseillai à ma jeune *cliente* de me livrer, en vrac, les idées qu'elle souhaitait développer, me faisant fort, à partir de cette matière brute, de mettre en forme des propos claquant comme des drapeaux au vent. C'était sans compter, naturellement, avec la vétilleuse exigence d'une jeune fille inflexible, maîtrisant la langue avec brio, et qui pesait chaque mot, négociait chaque virgule.

Je tentai de lui faire entendre raison : jusqu'ici, sur la place de Nouméa, Jeanne avait pris la parole de façon spontanée, improvisant ses harangues et les brodant, en fonction de l'humeur, sur un canevas troussé à la diable. Tout autre était l'exercice qui l'attendait à Strasbourg, sur la place Kléber.

Or, notre jeune *recrue* n'aurait droit à aucune erreur ; sans cesse nous remontaient des informations selon lesquelles plusieurs sites Internet, des stations de radio, des chaînes de télévision même, prévoyaient de relayer en direct un événement dont chacun percevait l'originalité autant que l'importance. Visiblement, même exilés à Rambouillet, les services de la présidence avaient bien travaillé : trois heures avant le discours, il apparut sans ambages que les mots de Jeanne, annoncés comme historiques avant même d'avoir été écrits, seraient guettés, écoutés, commentés par tout ce que la France comptait de responsables.

De ces quelques heures d'intense collaboration, je conserve le souvenir en demi-teinte d'une sourde angoisse, mêlée d'excitation. Un peu froissée, je le concède, de n'avoir pas été prévenue de la manœuvre de la veille, je découvrais une autre Jeanne, plus secrète et plus rusée que je ne pensais. Plus opiniâtre aussi et plus décidée, plus fragile, enfin… Mais je dois à la franchise d'ajouter que, parvenue au soir de mon existence, si l'on m'offrait la chance de revivre un seul épisode de cette vie pourtant riche, je choisirais sans hésiter notre journée d'écriture à Strasbourg, dans la fébrilité partagée d'un moment que nous devinions décisif.

— On travaille bien, toutes les deux, vous ne trouvez pas ?

— Oui… Et tu sais ce qui me ferait plaisir ? C'est que tu me dises *tu.*

— Il faudrait savoir : à Nouméa, il n'en a pas été question.

— Depuis Nouméa, il s'est déjà passé tant de choses…

Jeanne avait décidé que ce discours serait le plus simple possible, sans référence littéraire ou politique. Au prix d'âpres débats, j'obtins qu'elle ferait tout de même deux citations de mon cher de Gaulle : la première, vers le début, la seconde, vers la fin. Mais c'était encore trop marqué sans doute, encore trop politique à ses yeux. Au bout du compte, nous convînmes de conclure avec le Général, mais de citer, pour commencer, un de ces conservateurs anglais qui avaient dessiné son univers intellectuel : en l'occurrence, le grave Edmund Burke, ennemi juré de la Révolution française. La phrase qu'elle avait retenue de lui disait qu'un État qui n'avait pas les moyens d'assumer les changements réclamés par son temps n'avait pas davantage les moyens de se maintenir – préfiguration de la théorie de Toynbee, encore lui, selon laquelle, dans l'Histoire, une élite incapable de répondre aux défis de l'heure avait dû toujours et partout céder la place à une élite plus aguerrie…

Sur les coups de 5 heures, alors que j'appelais la réception pour demander du thé, on m'informa qu'un célèbre économiste, habitué des plateaux de télévision, était de passage à Strasbourg et qu'il souhaitait rencontrer Mlle Aubier. Je m'apprêtais à éconduire cet importun, quand Jeanne, qui avait entendu la demande, l'accepta par-dessus mon épaule.

— Ça nous changera les idées, dit-elle. Et ce n'est pas le moment de se mettre à dos la caste des statisticiens.

De plus en plus irritée, je l'avoue, et convaincue qu'un tel entretien n'avait pas sa place à quelques heures d'un discours majeur, je n'eus d'autre choix que de laisser monter ce vieil universitaire – non sans avoir commandé au passage le thé de Chine dont je rêvais.

SEPTIÈME DIALOGUE

L'économiste – Quand j'ai su que vous alliez prendre la parole en public, je me suis dit qu'il était important que je vous parle. Votre discours est attendu, et ce que vous direz portera. C'est pourquoi je voulais être certain que vous aviez conscience de la responsabilité qui est la vôtre…

Jeanne – Je donne l'impression de prendre les choses à la légère ?

L'économiste – J'ai cru comprendre, en vous écoutant à la radio, hier matin, que vous n'étiez pas très favorable à l'Europe.

Jeanne – Je suis favorable à l'Europe et, pour cette raison même, défavorable à l'Union européenne.

L'économiste (*se forçant à sourire*) – Certes, je conçois qu'une jeune fille sans expérience, débarquant du bout du monde…

Jeanne – Je réfléchis à tout cela depuis longtemps, librement et sans concession.

L'économiste – Vous êtes donc consciente de l'importance, pour la France, de la construction européenne.

Jeanne – Si la France veut retrouver sa liberté d'action, mais aussi préserver ses savoir-faire, son art de vivre et ses acquis sociaux – bref : ce qu'elle a mis tant de siècles à forger, il faut qu'enfin elle accepte de se protéger un peu. Je crains que cela ne puisse se faire dans le cadre, à la fois très libéral et très contraignant, de l'Union européenne.

L'économiste – Soit *libéral*, soit *contraignant* – mais pas les deux ! Ce serait un paradoxe.

Jeanne – C'est tout le paradoxe, en effet. Vous savez notamment ce que le dogmatisme de la Commission coûte à nos industries... Nous travaillons contre nos intérêts, au profit des puissances concurrentes de l'Europe.

L'économiste – Vous savez, elle a bon dos, l'Europe ! On a pris l'habitude – très mauvaise habitude – de lui imputer toutes nos erreurs nationales, toutes nos insuffisances françaises ! Cela dit, je conçois que l'on ait envie de réformer nos institutions...

Jeanne – Il n'y aura jamais de vraie réforme, c'est impossible. Pour refonder le projet européen, il faut commencer par quitter l'actuelle Union. Sortir tout bonnement de cette usine à gaz.

L'économiste – Un *Frexit* ! Nous y voilà !... Alors c'est encore pire que ce que je craignais. Le président de la République est averti de la bombe que vous allez lâcher ?

Jeanne – Il a été élu par les Français, pas nommé par la Commission, afin de servir les intérêts de la France, pas ceux de l'Union.

L'économiste – J'ai du mal à concevoir qu'un tel homme ignore ce que nous devons tous à l'Europe, à commencer par la paix, depuis trois générations...

Jeanne – C'est la dissuasion nucléaire qui nous a tous protégés de la guerre.

L'économiste – Enfin, pas vous, pas ça !

Jeanne – Pouvons-nous rester dans le champ de la raison ? Dans la conversation, j'ai beaucoup de mal avec l'émotion pure...

L'économiste – *Le champ de la raison* ? Mais enfin, mon petit, c'est vous qui déraisonnez ! Vous n'avez pas le droit de dire que l'Europe n'est pour rien dans ces huit décennies de paix !

Jeanne – J'ai d'autant plus le droit de le dire que j'en ai fourni l'argument : la dissuasion nucléaire.

L'économiste – En tout cas, je ne vous laisserai pas piétiner des décennies de progrès patients et résolus.

Jeanne – *Pas ça, vous déraisonnez, vous n'avez pas le droit, je ne vous laisserai pas*... Plutôt que de limiter ma liberté d'expression, peux-tu tenter de me convaincre par des arguments ? C'est cela, débattre...

L'économiste – Vous me tutoyez ? C'est la meilleure ! Je vais vous dire : on ne débat pas avec des gens comme vous. D'abord, quels sont vos titres ? J'ai pratiqué vingt ans les institutions communautaires ; et vous, quelle est votre expérience en ce domaine ?

Jeanne – Peux-tu m'expliquer tranquillement ce qui, à tes yeux, m'exclurait du débat ? J'essaie de raisonner avec probité – voilà mon seul titre. Quant à l'expérience dont tu fais étalage, étant donné les résultats produits, elle aurait tendance, plutôt, à te disqualifier.

L'économiste – C'est bien cela, vous me tutoyez ! Mademoiselle, je vois clair dans votre jeu. Et ce, depuis le début. Le fond de l'affaire, partie comme vous l'êtes, c'est que vous souhaitez torpiller la plus belle réussite de l'Europe : notre monnaie unique !

Jeanne – Qu'est-ce qu'un pays qui n'est plus le maître de sa monnaie ? Un pays soumis ? Un pays dépendant ? Ma génération ne veut plus d'une France dépendante ou soumise.

L'économiste – En quoi est-ce une question de génération ?

Jeanne (*imperturbable*) – *Battre monnaie*, comme on disait autrefois, reste le premier, le plus important critère de la souveraineté.

L'économiste – Mais… Vous voyez un peu, pour les ménages français, l'ampleur du choc ?

Jeanne – Quel choc ?

L'économiste – Enfin, réfléchissez cinq minutes : le choc des gens, quand ils vont voir fondre leur sacro-saint *bas de laine*, pardi !

Jeanne – Rien de tel. Imaginons que la monnaie qui remplacerait l'euro soit appelée *franc nouveau*. Et prenons le cas d'un ménage qui, actuellement, gagne, par mois, 3 000 euros, paie un loyer de 1 000 et dispose de 10 000 sur un compte épargne. Une fois la France sortie du système, ce ménage continuera de gagner 3 000 *francs nouveaux*, de payer un loyer de 1 000 *francs nouveaux* et d'avoir toujours

10 000 *francs nouveaux* sur son compte épargne ! Dans leur vie quotidienne, les gens ne verront aucun changement – hormis la couleur des billets de banque…

L'économiste – Des billets de banque dont l'impression sera coûteuse.

Jeanne – Enfin un bel argument !

L'économiste – Désolé de vous rappeler aux réalités, mais les économies des Français vont fondre du fait de la dévaluation induite. Car dans votre petit raisonnement cocardier, vous avez négligé le reste du monde, vous avez oublié la dévaluation.

Jeanne – Certes, nous ne serons plus collés à la devise germanique… La souplesse reviendra. Le *franc nouveau* pourra respirer naturellement, en fonction de l'économie réelle et des besoins du commerce. Plusieurs de tes confrères estiment que, par rapport à la monnaie allemande, il *décotera* d'un tiers environ ; et par rapport au dollar, d'un cinquième à peine… Donc, pour notre ménage, ce ne sera un problème que s'il prend ses vacances en Allemagne ; et cela renchérira un peu, je l'admets, le coût de ses voyages… Excellent pour la balance !

L'économiste – Mais par rapport à toutes les devises, le pécule aura fondu ! Ce n'est tout de même pas compliqué à comprendre ! Sans compter l'inflation – car nous entrons là dans une spirale inflation-dévaluation ! Comme en Allemagne avant Hitler !

Jeanne (*riant*) – Et les mêmes causes produisant les mêmes effets, nous finirons par envahir la Pologne ! En vérité, le réajustement des parités ne sera probablement pas si défavorable à notre pays qu'on veut bien le dire… Or, si la France retrouve la maîtrise de sa monnaie, son gouvernement pourra – au besoin – contrôler les mouvements de capitaux, en tout cas pour les gros placements à court terme… Où serait la catastrophe ?

L'économiste – Je vous dis que la catastrophe sera dans l'inflation !

Jeanne – Même tes confrères les plus pessimistes – je dis bien : les plus pessimistes – estiment l'inflation induite, pour les Français, à 3 %, ce qui nous met loin des années 1970 ! Quant à l'activité induite – et donc à la baisse du chômage –, elle entraînerait sans doute de telles diminutions des cotisations que, en fin de compte, le pouvoir d'achat augmenterait…

L'économiste – Je vois que vous avez réponse à tout. Enfin, presque tout... Car dans tout cela, vous ne me parlez pas beaucoup de la dette publique !

Jeanne – Justement, parlons-en. Certains – dont un ancien président – ont menti aux Français, en leur faisant croire qu'une sortie de l'euro alourdirait la charge de la dette. C'est oublier la « loi monétaire », qui fait que l'essentiel de la dette contractée par la France est automatiquement convertie dans la devise nationale. Seuls les crédits sollicités récemment, et solidairement, pour faire face à la crise du coronavirus pourraient se trouver renchéris – éventuellement...

L'économiste – Mais l'avenir, lui – vous y pensez, à l'avenir ? Les taux consentis à la France par ses créanciers seront forcément plus élevés, dans le futur, que ceux que l'on octroie, par exemple, aux pays du nord de l'Europe !

Jeanne – C'est déjà le cas, et tu le sais bien... Du reste, rien ne permet de prévoir dans quel sens cela évoluerait : les investisseurs auront toujours le même volume de créances à proposer... La vérité, c'est que l'on a fait croire aux Français qu'une sortie de l'euro les appauvrirait, alors que ce qui les a appauvris, d'une façon certaine depuis deux décennies, c'est cette monnaie trop forte pour eux, et trop rigide pour une économie comme la leur. La vérité, c'est que l'euro a beaucoup enrichi l'Allemagne, mais qu'il a appauvri la France et l'Italie…

L'économiste – Je perds mon temps et ma salive… Vous êtes endoctrinée.

Jeanne – Je fuis les doctrines, au contraire. C'est ton camp qui a recours au dogme… Certains européistes me font penser à ces adeptes de sectes qui, chaque jour un peu plus, perdent le contact avec le réel. Pour ne pas troubler leur tranquillité d'esprit, pour ne pas admettre qu'ils ont fait fausse route depuis le début, ils en viennent à justifier l'injustifiable, à croire à l'incroyable… Pour eux, abandonner l'euro reviendrait à changer l'air qu'ils respirent ou l'eau qu'ils boivent… Ils ont fait d'un simple outil une fin en soi, et s'accrochent à cette monnaie trop forte, trop stable, comme à l'idole qui donnerait un sens à leur vie.

Quand le vieil économiste fut ressorti, tout abattu, tout effondré, je demandai à Jeanne si, réellement, elle avait l'intention d'ajouter, dans le discours, un paragraphe sur la sortie souhaitable de la zone euro.

— Pas du tout, me dit-elle ; je n'ai pas compris pourquoi il me parlait de cela ! » Nous rîmes de plus belle, comme deux collégiennes – nos rires sont aujourd'hui ce qui me manque le plus.

Au moment de partir pour la place Kléber, lorsque le chauffeur de la préfecture vint sonner à la porte de notre suite, je la sentis vaciller. D'un seul coup, elle me parut avoir perdu sa confiance et, réfugiée d'un bond dans la salle de bains, ne savait plus que me crier :

— C'est trop tôt, dis-leur que c'est trop tôt ! » Il ne fut pas très facile de la calmer ; j'eus recours à des confidences qu'elle m'avait faites naguère, durant le vol entre Nouméa et Paris.

— Nos parents, m'avait-elle dit dans l'avion, n'ont jamais été adeptes de la douceur à tout crin et de l'autoéducation. Ils nous ont confrontés tout jeunes à la dureté de la vie… Mon père, surtout, considère qu'en ne voulant que le meilleur pour les enfants sa génération a fabriqué des adultes inadaptés, pour ne pas dire infantiles… Aussi, pour mes frères et pour moi, surmonter ses peurs, affronter le réel, faire des efforts et consentir des sacrifices – tout cela nous est naturel.

Je pris donc Jeanne au mot :

— Il n'est plus temps de fuir ! lui lançai-je à travers la porte de la salle de bains ; il n'est temps que de faire face !

Une heure plus tard, à peine, *la jeune Aubier* s'appuyait d'une main au harnais d'Argos, de l'autre à mon bras, pour gagner un véhicule de la préfecture, devant les objectifs d'une nuée de photographes. À notre arrivée sur la place, alors que la voiture, ralentie par la foule, cherchait à se frayer un passage, mon téléphone vibra ; c'était le président de la République. À sa demande, je confiai l'appareil à Jeanne qui, presque impassible, répéta seulement « Oui », plusieurs fois. La conversation – ou plutôt le monologue – se prolongea un assez long moment après notre arrivée. La voiture demeurait inerte, moteur au ralenti. À la fin, j'entendis Jeanne conclure sobrement :

— Très bien, Président. J'ai compris ce que l'on me demande. Merci beaucoup.

Elle me rendit le petit appareil et me confia tout bas, visiblement excitée :

— Il va falloir que j'improvise un paragraphe.

Tiré de mon carnet de citations : Je ne pense pas que le sens politique soit autre chose que l'aptitude innée – cela ne s'acquiert pas – à saisir l'instant propice, le moment décisif. « *Il n'y a rien dans le monde qui n'ait son moment décisif,* avait écrit, dans ses fameux *Mémoires,* le cardinal de Retz, *et le chef-d'œuvre de la bonne conduite est de connaître et de prendre ce moment : si on le manque, surtout dans la révolution des états, on court fortune ou de ne pas le retrouver, ou de ne le pas apercevoir.* » Pour désigner ce moment propice, les Grecs avaient un mot : *kairos*.

Discours de Jeanne-Antide Aubier prononcé à Strasbourg, place Kléber, le samedi 29 octobre 2022

M. le Préfet,
Mmes et MM. les Parlementaires,
M. le Président,
Mme la Maire,
Mme et MM. les Officiers généraux,
Mesdames et Messieurs,
Chers amis,

Nous commémorons aujourd'hui le 78e anniversaire du déclenchement de la bataille d'Alsace, où la 2e DB donna toute la mesure de sa vaillance et de son audace. Près d'un mois de combats intenses et de victoires marquantes… Aussi bien, sur cette place même, dans quelques semaines, allez-vous célébrer la conclusion d'une campagne décisive : le 23 novembre 1944, jour de ses quarante-deux ans, le général Leclerc et ses hommes allaient lancer, contre Strasbourg occupée, un assaut magnifique ; en quelques heures, la capitale alsacienne serait reprise aux Allemands. Et Leclerc, fidèle au serment prêté à Koufra près de quatre ans plus tôt, devait donc faire hisser les trois couleurs au pinacle de votre illustre cathédrale. Inoubliable épisode de la saga nationale ; succès sans tache, qui s'impose à nous et nous rappelle à l'ordre.

Permettez-moi en effet, ce soir, de m'interroger : cette liberté si chèrement reconquise, qu'en avons-nous fait ? À la vérité, c'est à vous que je repose la question : qu'en avons-nous fait ? À quelques encablures des sièges du Parlement européen et de la Cour européenne des droits de l'homme, ainsi que de celui du Conseil de l'Europe, il me paraît que l'endroit est choisi d'admettre, tout crûment, que cette liberté chérie, nous l'avons laissé perdre. D'ailleurs, à l'heure où je vous parle, des élus de l'*Eurométropole* en appellent – chose impensable ! – à la tutelle de l'Union européenne… S'ils étaient entendus, s'ils étaient pris au mot, cela voudrait dire qu'une des plus importantes villes de France pourrait n'être plus française... N'être plus française...

(*Ici, Mlle Aubier pose sur le pupitre son aide-mémoire en braille.*)

Je ne vous sens pas vibrer. Tant pis, j'oublie le texte. Je vous parlerai maintenant sans notes. Dans ma Nouvelle-Calédonie natale, j'avais pris l'habitude, le vendredi, de parler sur la place de Nouméa. Je m'installais dans un kiosque et m'adressais, au gré de l'inspiration, à ceux qui voulaient bien m'écouter. Je vais faire de même, ce soir. Je ne crois pas que vous, mes auditeurs d'ici, soyez si différents d'eux, mes auditeurs de là-bas. Vous, comme eux, êtes des gens sensés, de bonne volonté ; des personnes qui, confrontées à l'événement dans son imprévisible singularité, voudront réagir et fonder leur avis, moins sous le coup de l'émotion que sur les conseils de leur raison.

Votre silence ne m'encourage pas...

J'entendais, ce matin, un habitant de Strasbourg affirmer que la France avait « fait son temps » – je n'invente rien – et qu'elle n'était « plus de taille à défendre ses citoyens ». Dans ce cas, que devrait-on dire de la Suisse, d'Israël, de Singapour ou de Taïwan, pour ne citer que des pays bien plus petits, et cependant en pleine expansion... La France ne serait-elle plus une puissance atomique ? Ne siégerait-elle plus au Conseil de sécurité ? Ne serait-elle plus la terre du général de Gaulle, de Napoléon, de Louis XIV ? La France de Rabelais et de La Fontaine, de Hugo et de Proust ne serait-elle plus cette « mère des arts, des armes et des lois », fille aînée de l'Église et en même temps berceau de la Grande Révolution ! La France de Pascal et de Pasteur, de Bougainville et de Cousteau ne paraît pas étriquée à ceux qui préparent l'exploitation des océans – et qui savent qu'elle possède le deuxième domaine maritime de la planète ! Elle sait encore très bien se faire entendre des centaines de millions de francophones à travers les cinq continents ! Allez dire qu'a fait son temps le pays natal de la photo, de l'avion, du cinéma, de l'automobile, à tous ceux qui, dans cinquante capitales à travers le monde, font rayonner l'ingénierie française, la physique française, la mode française, le film d'animation à la française – pour ne rien dire d'un art de vivre partout regardé comme indépassable. La vérité, c'est que la France est encore bien plus que tout cela !

Seulement elle a choisi de l'oublier par crédulité, renoncement, découragement... Par habitude aussi, et par paresse, peut-être... La France des médiocres et des pisse-vinaigre ne doit pas abdiquer devant celle des inventeurs et des entrepreneurs, des *French doctors* et des émules de Gustave Eiffel ! La France des jolies femmes et des gastronomes, des fonctionnaires intègres, des employés précis, des érudits et des piliers de bistrot, des artistes, des amoureux, des grandes gueules, des bons vivants, des clochards, des esprits forts, des danseuses étoiles et des gens débrouillards... Oui, la culture française existe, et elle veut continuer de rayonner !

(*Applaudissements polis.*)

Puisque l'ambiance se réchauffe un peu, laissez-moi recourir à une image. Figurez-vous un vaste îlot résidentiel, en copropriété, bâti sur des fondations anciennes, avec quelques belles dépendances, des cours et des jardins magnifiques... Varient l'état des bâtiments, des étages, l'exposition au soleil. Plusieurs familles, les unes propriétaires, les autres locataires, se sont depuis longtemps réparti les appartements ; les plus vieux occupants sont là depuis si longtemps que l'on ne saurait dire quand ; d'autres familles sont arrivées avec les années – certaines, très récemment. Au rez-de-chaussée, des commerces ont prospéré plus ou moins ; des ateliers se sont développés dans l'arrière-cour… Ce grand immeuble, vous l'aurez compris, c'est la France. Jadis, il était prospère et pimpant, éclatant même, et suscitait l'envie des résidents voisins… Mais depuis quelques années, son entretien s'est beaucoup dégradé ; et l'on a vu la mousse envahir ses toits, la rouille grignoter ses gouttières, du lierre grimper sur ses façades… Le conseil de copropriété aurait aimé réagir, seulement il ne le peut guère : il s'est en effet dessaisi de ses responsabilités, au profit d'une espèce de syndic inter-immeubles, qui décide dans les faits, et en toute opacité, de l'entretien des parties communes, mais aussi des normes d'aménagement des parties privées, de l'orientation du budget collectif et de la nature des travaux. En un mot, ces gens ne sont plus maîtres chez eux.

L'intention première, l'intention théorique, c'était de peser plus lourd dans le quartier, face à la municipalité ; dans les faits, le syndic a pris le pouvoir et gère maintenant l'immeuble à son seul avantage. Ce syndic, vous l'aurez compris, c'est l'Union européenne. Non sans audace, il a décidé, voilà quelque temps, de supprimer tous les codes d'accès aux entrées de ses différents immeubles – de sorte que ceux qui passent dans le quartier circulent désormais sans contrôle d'un logis à l'autre, et se rendent où ils le souhaitent, à toute heure du jour et de la nuit... Pour récupérer quelques subventions, le syndic a par ailleurs choisi, avec l'assentiment des propriétaires d'appartements-terrasses, au dernier étage, d'attribuer plusieurs logements vacants du rez-de-chaussée – surtout du côté des logis locatifs – à des personnes sans domicile. Pour se donner bonne conscience, il ferme aussi les yeux sur des squats de plus en plus envahissants qui, depuis peu, se sont installés dans les caves, au fond des entrées, sur le coin des paliers... Les charges ont beaucoup augmenté, pour des prestations de moins en moins visibles. Et nombreux sont ceux qui – surtout parmi les locataires – mettent le syndic en cause... Seulement voilà : comment se passer de lui, maintenant qu'il est seul à maîtriser des circuits de fluides et d'énergie de plus en plus sophistiqués ?

Voilà, résumé, tout le drame de la construction européenne. Voilà toute la limite du fédéralisme européen...

(*Applaudissements nourris.*)

Bien sûr, on pourrait se demander pourquoi tant de Français, parmi les plus instruits et les plus responsables, pensent que notre avenir est dans les

États-Unis d'Europe. À mon avis, c'est un effet de perspective étroitement lié à l'histoire de France. Dans notre pays, l'intégration pluriséculaire, réussie dans l'ensemble, des provinces à la Couronne a tellement marqué les esprits, tellement imprégné l'inconscient collectif, que nos plus audacieux penseurs, encore aujourd'hui, ne parviennent pas à s'en détacher. Nous avons été le premier État-nation de l'Histoire; comment cela n'aurait-il pas laissé de traces ? C'est ce schéma obsédant qui pousse nos dirigeants, armés sans doute des meilleures intentions, à essayer de transposer à l'échelle européenne le processus bien français de constitution de l'État royal ! De bonne foi, nombreux sont ceux qui veulent croire qu'il sera possible de reproduire, au plan continental, ce qui avait si bien fonctionné pour le royaume des Lys. Au passage, on a oublié que la France a mis des siècles et des siècles à se constituer – et non quelques petites décennies... Et l'on a négligé ce fait indubitable : c'est que les pays rassemblés dans l'Union européenne sont, pour la plupart, des nations recuites, déjà constituées autour d'une langue, d'une culture et d'un génie propres – rappelez-vous la formule prêtée au général de Gaulle, selon laquelle « on ne fait pas d'omelette avec des œufs durs ». On ne fait pas d'omelette avec des œufs durs… Soyons lucides, je vous en prie, admettons la réalité : l'Europe des nations ne se porte pas mal, merci… Mais l'Europe de Bruxelles se meurt, l'Europe de Bruxelles est morte !

(*Applaudissements très chaleureux.*)

Après le départ du Royaume-Uni, alors que l'Italie est en train de suivre cet exemple et que plusieurs pays du Sud commencent à secouer le joug, il me semble que la France, nation-pivot d'un projet perverti, ne devrait pas être la dernière à s'en retirer. En quittant sans éclat cette mourante usine à gaz, la France émancipatrice et libre ferait un cadeau merveilleux à son peuple, certes, aussi bien qu'aux peuples voisins. La plus redoutable erreur serait de croire l'Union européenne capable de se refonder. Jamais ! Cette Europe-là est irréformable ; il faut commencer par la liquider – pour mieux voir renaître l'Europe à laquelle nous croyons.

Après que l'Union sera défaite, mais après seulement, nous pourrons, sans perdre de temps, forger une grande alliance européenne, mais plus humble, mais plus respectueuse des souverainetés et des peuples – une Europe faite de solidarités croisées, de beaux projets publics, de justice et de démocratie. Une communauté dans le fil de ce qui existait avant Maastricht ; avec un Conseil, bien sûr, et un Parlement, pourquoi pas ? Mais sans cette Commission bruxelloise, devenue le cancer du projet. Nous referons l'Europe sans la Commission européenne, sans ses technocrates et ses idéologues, sans ses directives et ses normes envahissantes – car nous savons, nous autres Européens, qu'il est vital pour nous tous de faire bloc, face à toutes les concurrences du monde.

Et puis aussi, pourquoi ne pas le dire, nous referons une grande et forte alliance entre nos chères nations, parce que nous l'aimons, notre Europe ! Nous l'aimons d'amour ! Nous l'aimons de Madrid à Vienne et d'Amsterdam à Florence, nous l'aimons de Varsovie à Londres – je dis bien à Londres – et lisons ses auteurs, écoutons ses compositeurs, suivons ses créateurs, admirons son infinie richesse architecturale, goûtons ses gastronomies variées et le nectar de ses vignobles. Nous aimons l'Europe des châteaux et des églises, des universités et des centres de recherche, des kermesses villageoises et des associations de quartier, des cotres, des péniches et des gondoles… L'Europe des chênes, des hêtres et des sapins, des renards, des chats et des pigeons, l'Europe de Bergman, de Truffaut, de Fellini, de

Wenders et d'Almodóvar, l'Europe des expositions de peinture et des réunions botaniques, l'Europe des festivals de musique, l'été, et des terrasses de café, toute l'année !

(*Tonnerre d'applaudissements. Ici, Mlle Aubier reprend son aide-mémoire.*)

Mais si nous l'aimons, cette Europe, nous n'ignorons pas pour autant que, avant d'être européens, nous sommes français. Nous n'avons pas l'intention d'oublier que, ensemble, nous constituons un peuple. En cette heure si cruciale que tous, ici, nous en ressentons pleinement l'importance, j'en appelle à chacun d'entre vous. Riches et pauvres, ruraux et citadins, Français de longue date et nouveaux Français, athées et religieux, vertueux et libertins, Noirs et Blancs, acharnés de révolution et accrochés à la tradition, jeunes et vieux, très jeunes et très vieux, autodidactes et diplômés, utopistes et réactionnaires, sédentaires et *globe-trotters*, aventuriers et gens prudents, femmes et hommes – même ceux qui ne se sentent ni homme ni femme : tous, vous êtes français ; tous, vous formez le peuple de France !

À Bagatelle, le 1er mai 1950, Charles de Gaulle, alors en pleine *traversée du désert*, citait à ce propos un grand journaliste catholique du XIXe siècle : « Je ne sais pas, avait dit, jadis, Louis Veuillot, quel souffle planant sur la multitude lui révèle qu'elle est une nation. » Et le Général de prendre le relais : « Nous tous, ici, en nous voyant nous-mêmes, nous connaissons que nous sommes un grand peuple qui s'assemble pour son salut. » Eh bien, chers amis, à vous, assemblés ce soir à Strasbourg, je redis simplement cette phrase qui pourrait avoir été prononcée pour vous, pour nous : « Nous connaissons que nous sommes un grand peuple qui s'assemble pour son salut. » Car je vous l'annonce : ce peuple est de retour sur la scène du monde. Oui, clamons-le depuis le cœur de Strasbourg : en ce moment d'Histoire intense, le peuple de France se lève d'un seul mouvement pour rappeler qu'il est bel et bien le souverain, le seul et l'unique souverain qu'il n'aurait jamais dû cesser d'être ; il se lève pour quitter la pénombre et s'en aller reprendre pleinement, en pleine lumière, la pleine maîtrise de son destin.

Oublié, le fantasme d'une Europe faussement souveraine !

Évanoui, le projet fatal de la sécession de Strasbourg!

Vive la République unie, indivisible!
Vive la France éternelle!

7
La Gamine de Strasbourg

Ne soyez pas comme ces gens qui,
invités à parler de l'océan,
n'évoquent que le mal de mer.

Difficile, après tant d'années, de se faire une idée de l'enthousiasme soulevé à Strasbourg, en Alsace et dans toute la France par le discours de la place Kléber. Presque inconnu la veille, son auteur devenait une célébrité. Quelques heures suffirent pour que le nom de Jeanne-Antide Aubier devînt un signe de ralliement. Même la presse étrangère se montrait curieuse ; l'agence officielle chinoise demanda une interview exclusive, et une grande chaîne d'information nord-américaine ferma son édition de la soirée sur une photo – la seule dont disposât notre service de presse – de Jeanne en train de caresser son caniche royal. Quatre grands quotidiens français de l'époque firent leur manchette sur l'événement. *Le Figaro* et *Le Monde* demeuraient sobres : « À Strasbourg, titra le premier, Jeanne-Antide Aubier en appelle au *Frexit* », et le second : « La majorité tente de sauver l'unité nationale en sacrifiant le projet européen ». *Le Parisien* fit une partie de sa une sur « La bombe Aubier » ; et *Libération*, toute la sienne sur un portrait de Jeanne d'Arc affublée de lunettes noires, titré : « Sainte ou sorcière ? ».

À lire, en grand sur les kiosques, d'autres affiches de presse, à entendre les annonces radio et télé, à découvrir aussi les incessantes alertes qui envahissaient mon *smartphone*, il me parut évident que les médias ne voudraient pas manquer *le moment Jeanne* – pour citer la couverture, devenue mythique, de l'hebdomadaire *Valeurs actuelles*. Qu'elles aient ou non approuvé ses idées, l'on sentait bien que les rédactions, sans perdre un instant, avaient jeté leur dévolu sur la Néo-Calédonienne.

— On vous voit partout ! lui répétais-je en souriant, une pointe d'excitation dans la voix.

— Tant que, moi, je ne me vois pas... répondait-elle, feignant le détachement.

Travaillés en sous-main par ce qu'il restait de la cellule de communication présidentielle, et reprenant *ad nauseam* une longue interview accordée à l'agence nationale, les journaux alignaient à présent les portraits de celle qu'un célèbre chroniqueur venait de renommer *la Gamine de Strasbourg*. Ils la qualifiaient de souverainiste, mais peinaient à la ranger sur l'échiquier politique ; s'inscrirait-elle dans la lignée de Jean-Pierre Chevènement ou dans celle de Philippe de Villiers ? Fallait-il la rapprocher d'Éric Zemmour ou de Michel Onfray ? Elle-même n'accordait à *tout ce cirque* – ce fut son expression – qu'une attention flottante ; mais elle suivait en revanche avec la plus grande attention la tendance des réseaux sociaux. Jeanne était bien l'enfant de son siècle : son image, elle la façonnerait d'abord sur des supports numériques.

La mission confiée par mon patron à cette jeune femme surgie de nulle part était de desserrer l'étau européen sur Strasbourg. Sans coup férir, Jeanne venait de s'en acquitter avec les honneurs ; elle avait même créé un tel choc, suscité un tel sursaut dans l'opinion, locale et nationale, que plus personne – même au sein de la coalition séparatiste – ne pouvait sérieusement prétendre en appeler au secours de la Commission européenne. Pour le dire simplement : Strasbourg était sauve, elle resterait bel et bien française. Au-delà de la capitale alsacienne, ce sont les aspirations à l'autonomie de bien d'autres métropoles qui venaient de subir un coup d'arrêt. Comme devait le résumer le conseiller spécial, abusant d'expressions familières : « *Elle nous a sortis de l'auberge !* »

Discrètement, le *Grand Chef* avait, de son côté, regardé Jeanne lancer – avec quel brio – son ballon d'essai ; il était temps pour lui de reprendre l'initiative et d'exposer aux Français le plan convenu entre eux, hâtivement, dans une loge de télévision. Le Président avait choisi la forme d'une courte allocution, prononcée depuis Rambouillet. Il révéla vouloir inciter ses homologues du sud de l'Europe à refonder entièrement le projet communautaire ; de concert avec l'Italie, déjà sur le départ, mais aussi avec la Grèce, l'Espagne et le Portugal, la France proposerait donc, par sa voix, de sortir de l'Union, ce qui serait fatal aux institutions maastrichtiennes ; elle pousserait dans la foulée à la création d'une Communauté nouvelle, privilégiant les coopérations nationales. L'Irlande aussi participait à ce putsch feutré, que personne n'avait vu venir. Il apparaissait aux observateurs que, au sein des institutions européennes, la grande victime de cet *aggiornamento* devait être la Commission, réduite à la portion congrue d'un simple secrétariat du Conseil. Encore fallait-il consulter les Français sur la première phase des opérations : celle du retrait. Tel serait l'objet du référendum.

Les partisans du maintien dans l'Union s'empressèrent de contester la conformité d'un tel scrutin à la Constitution. En effet, le champ référendaire, tel que défini dans trois articles du texte fondamental, n'incluait pas les engagements diplomatiques. Sur le fondement d'un article 88-5 entendu au sens large, le président de la République balaya pourtant ces avis, et d'autant plus tranquillement que, de jurisprudence constante, le Conseil constitutionnel s'interdisait de contrôler l'exercice de la souveraineté du peuple. Il fut donc décidé que, le 18 décembre, serait soumise aux citoyens cette question toute simple, volontairement orientée dans le sens d'un retrait : « La France doit-elle quitter l'Union européenne ? »

Je puis en témoigner : la campagne référendaire fut menée tambour battant. Nous étions constamment en mouvement, visitant jusqu'à cinq villes par jour. Bien souvent, nos militants de terrain peinaient à tenir le rythme – Jeanne ne s'en formalisait pas ; bien au contraire, il lui arriva souvent, durant toute cette période, de payer de sa personne pour combler des manques. À ses compagnons d'armes, comme elle les appela d'emblée, elle faisait toucher du doigt leur rôle historique, rendant chacun responsable, devant les siècles, des « retrouvailles de la France avec la liberté ».

— Quand vous prenez la parole, répétait-elle à des équipes éblouies par tant d'ardeur, ce ne doit jamais être pour évoquer des banalités. Vous devez entraîner les gens, les faire rêver, repousser leurs horizons – et non tromper leur attente en vous attardant sur les mauvais côtés du *Frexit.*

Ce qui, jour après jour, me fascinait le plus chez Jeanne, c'était l'inlassable énergie qu'elle pouvait déployer dans cette sorte de leçon sans cesse recommencée, répétitive et finalement obsédante.

— Ce que je vous demande, lors de cette campagne, c'est d'expliquer en faisant rêver – c'est de donner aux électeurs envie de voter, aux citoyens envie de s'impliquer, aux individus envie de sortir de leur coquille pour s'inviter au débat. Oui : donner envie ! Reprenant l'expression d'Aragon, je vous demande de mettre en œuvre *une sorte de pédagogie de l'enthousiasme.*

De mon carnet de citations : Dans la troisième – la plus connue – de ses *Lettres à un ami allemand*, Albert

Camus – qui écrivait cela pendant l'Occupation – tient ces propos qui, appliqués à notre époque, génèrent un autre écho : « *Lorsque vous dites Europe, même à vos meilleurs moments, lorsque vous vous laissez entraîner par vos propres mensonges, vous ne pouvez vous empêcher de penser à une cohorte de nations dociles, menée par une Allemagne de seigneurs vers un avenir fabuleux et ensanglanté. Je voudrais que vous sentiez bien cette différence, l'Europe est pour vous cet espace cerclé de mers et de montagnes, coupé de barrages, fouillé de mines, couvert de moissons, où l'Allemagne joue une partie, dont son seul destin est l'enjeu. Mais elle est pour nous cette terre de l'esprit où depuis vingt siècles se poursuit la plus étonnante aventure de l'esprit humain. Elle est cette arène privilégiée où la lutte de l'homme d'Occident contre le monde, contre les dieux, contre lui-même, atteint aujourd'hui son moment le plus bouleversé.* »

Moi-même prise au jeu, et constamment relancée par des solliciteurs prêts à tout pour décrocher une entrevue de cinq minutes, j'en vins à négliger mon rôle d'historiographe ; plusieurs dialogues intéressants, passionnants même, passèrent ainsi à la trappe…

Les jours et les semaines défilant, la fatigue de la campagne s'accumulait néanmoins. Ainsi, il arrivait à Jeanne, admirée pour son humeur toujours égale, de céder furtivement à des accès d'irritation. On la vit par exemple s'emporter contre des vigiles qui, eux-mêmes masqués, lui demandaient de porter un masque de papier en dehors de la scène… Pour ma part, c'est sur le fond que je fus, plus d'une fois, troublée ; je trouvais notamment que, lors de ses discours, Jeanne présentait une dangereuse tendance à s'en prendre à l'Allemagne. Elle soulignait de façon systématique les avantages retirés par ce pays, depuis sa réunification, des institutions communautaires. Elle rappelait la jurisprudence invariablement souveraine de la Cour constitutionnelle de Karlsruhe, tout en stigmatisant la prise de pouvoir, chaque année plus grande, de la puissance allemande sur ses voisines ; « *la France, osa-t-elle dire plusieurs fois, est devenue la province docile d'un Empire germanique reconstitué* ».

Cependant, en dépit de ces images fortes et d'une implication extrême, Jeanne peinait à convaincre les Français de quitter l'Union européenne, afin de la reconstruire autrement. Dans la frange la plus âgée de l'électorat, tout spécialement, le NON l'emportait, selon les sondages, à une sensible majorité. On ne change pas si facilement des habitudes ancrées depuis un demi-siècle ; on ne tue pas d'un mot les rêves et les aspirations de plusieurs générations…

De mon carnet de citations : Dans sa *Lettre aux membres du Congrès de la Paix*, réuni à Lugano en septembre 1872, Victor Hugo révèle cette vision : « *Nous aurons ces grands États-Unis d'Europe qui couronneront le vieux monde comme les États-Unis d'Amérique couronnent le nouveau. Nous aurons l'esprit de conquête transfiguré en esprit de découverte ; nous aurons la généreuse fraternité des nations au lieu de la fraternité féroce des empereurs ; nous aurons la patrie sans la frontière, le budget sans le parasitisme, le commerce sans la douane, la circulation sans la barrière, l'éducation sans l'abrutissement, la jeunesse sans la caserne, le courage sans le combat, la justice sans l'échafaud, la vie sans le meurtre, la forêt sans le tigre, la charrue sans le glaive, la parole sans le bâillon, la conscience sans le joug, la vérité sans le dogme, Dieu sans le prêtre, le ciel sans l'enfer, l'amour sans la haine.* » Au-delà de la beauté d'une telle envolée, on reste médusé par tant d'irénisme, et sidéré de voir combien, dans l'esprit de l'utopiste, paraît possible un monde amputé de sa moitié, un univers entièrement expurgé de ses revers et de ses ombres.

C'est une information scandaleuse qui, surgissant dans le débat, changea tout.

Alors que nous abordions la dernière phase de la campagne, un courriel de provenance discrète fit irruption sur mon ordinateur. Un député européen, choqué par ce qu'il avait appris dans le cadre de son mandat, nous livrait, sous couvert d'anonymat, des informations explosives sur deux dossiers confidentiels : la négociation d'un traité commercial avec la Chine et celle d'un accord plus politique avec la Turquie. Ce n'est pas ici le lieu de revenir sur le fond de ces deux dossiers ; signalons simplement qu'ils démontraient, de la façon la plus honteuse, à quel degré de servilité les institutions européennes pouvaient s'abaisser, lorsque les intérêts de puissants lobbyistes étaient en jeu.

Avant de communiquer à Jeanne ces deux petites bombes, j'eus avec mon patron un entretien téléphonique, dont la teneur pourrait se résumer à cet échange :

— Pensez-vous que nous puissions faire feu de ce bois-là ?

— Je ne le *pense* pas ; je le *sais*.

— Vous nous autorisez donc à en faire usage…

— Je ne vous y *autorise* pas ; je vous *l'ordonne* !

Restait à convaincre les médias favorables à Jeanne de publier cette double révélation. Devant les craintes des uns, les réticences des autres, *la Gamine de Strasbourg* choisit – une fois encore – de passer directement par Internet ; elle emprunta, pour toucher l'opinion, le canal des réseaux sociaux. L'effet fut immédiat, dévastateur et, pour nous, inespéré. En moins d'une semaine, les divers instituts notaient une forte progression du OUI dans les intentions de vote.

Il était prévu que le Président réunît au Mont-Saint-Michel, le soir des résultats, les principaux acteurs de la campagne. Les sondages se révélant chaque jour plus favorables, ce qui aurait pu n'être qu'une réunion politique se mua en un projet de grand-messe nationale – comme un sacre laïc, dont voulaient faire partie le ban et l'arrière-ban de l'élite politico-médiatique. « *Une foire aux vanités, pestait Jeanne. Et si nous déclinions l'invitation ?* » Je n'ai jamais su s'il fallait prendre au sérieux les petites provocations dont elle émaillait ainsi nos journées.

Un après-midi, alors que nous arrivions, dans le département du Nord, pour réveiller des passions gaulliennes – j'avais fait remarquer que c'était l'anniversaire de la naissance du Général –, Jeanne fut apostrophée, dans les coulisses du *Lille Grand Palais*, par un jeune militant nationaliste, affichant son appartenance à un parti qui, alors qu'il avait toujours pourfendu Bruxelles, prônait cette fois l'abstention, au grand dam de ses adhérents. Ignorant l'équipe, me contournant moi-même, ce jeune homme était parvenu à proposer directement à l'oratrice de venir, à la buvette, partager un café. Jeanne, soucieuse de la tranquillité de son chien, avait laissé Argos à l'hôtel, comme souvent lors des grands meetings ; au prétexte de la guider, je pus m'inviter en tiers à la conversation que voici.

HUITIÈME DIALOGUE

Le militant – J'ai beaucoup aimé votre discours de Strasbourg.

Jeanne – Et pourtant, tu vas voter NON au référendum…

Le militant – Je vais m'abstenir, nuance ! Notre présidente n'aime pas votre président : il lui a volé la dernière élection.

Jeanne – Politicaillerie ! Ta présidente n'est pas la mienne ; alors que mon président est aussi le tien…

Le militant – Sincèrement, je le trouve trop conciliant. Il manque de *peps* ! Tu ferais bien mieux que lui – d'ailleurs, je ne vois pas la différence entre tes idées et les nôtres.

Jeanne – Elle est pourtant limpide : tu pleures sur la souveraineté perdue de la France ; je me bats pour qu'elle la retrouve. Ta présidente vit de paroles négatives, je fais naître des actes positifs. Préparant l'Europe de l'avenir, nous allons voter contre l'Union du passé ; tandis que ton parti, en s'abstenant, va aider ceux qui voteront pour.

Le militant – Voter OUI, ce serait plébisciter l'actuel président.

Jeanne – Mais s'abstenir, c'est voter contre l'intérêt du pays. C'est une des raisons – pas la seule – pour laquelle ton parti ne m'a jamais convaincue. Toi et les tiens, au lieu de créer une situation favorable, vous finissez toujours par renforcer les situations défavorables. C'est peut-être voulu : et si la colère et le ressentiment vous donnaient, en fin de compte, une raison d'être ?

Le militant – Je ne demande pas mieux que de ne plus avoir de motif de colère.

Jeanne – Tu t'ennuierais… Alors que moi, je ne peux pas m'ennuyer : je construis ! Aux chiens qui jappent, je préfère les chats qui griffent ; aux grands soirs inutiles, les petits matins efficaces.

Le militant – Cela te vexe, si je te dis que je suis largué ?

Jeanne – Sous-titrage : sur tout sujet, à toute époque, il y aura toujours des partisans de l'ordre et des adeptes du mouvement, des amoureux de l'ouverture, et d'autres qui ne jureront que par la protection. Dans une même vie – mieux : à des heures différentes de la même journée –, celui qui, sincèrement, ne pensait qu'à défendre l'héritage, va se mettre à vouloir tout bousculer… Le but de la politique n'est donc pas de donner raison à l'un de ces deux camps, d'ailleurs mouvants ; l'objectif, c'est de forger des projets transcendants qui, pour un temps, mobiliseront l'ardeur collective. Si possible dans le bon sens.

Le militant – Le bon sens, si je te suis, c'est le tien…

Jeanne – C'est le sens de l'indépendance et de la liberté.

Le militant – Cela ne suffit pas. Il faut aider le peuple à renverser l'élite.

Jeanne – Encore un erreur ! Pour accéder au pouvoir, il faut convaincre dans tous les milieux, à tous les échelons. On n'a jamais remporté de victoire politique avec seulement le petit peuple.

Le militant – Moi, je veux me battre jusqu'au bout pour la culture française, la puissance française, la religion française, l'art de vivre à la française…

Jeanne – Libre à toi de processionner à l'Assomption ou de célébrer la fête de la Cochonnaille – je me bats pour que nos mœurs se maintiennent. Simplement, n'essaie pas d'imposer tes habitudes à tous les voisins ! J'ai souvent l'impression, avec toi et les tiens, que vous voudriez faire manger du boudin et de l'andouille à tout le monde…

Le militant – On veut simplement avoir le droit de continuer à le faire.

Jeanne – J'apprécie que tu sois attaché à la culture française et à son mode de vie, mais je n'accepte pas que certains de tes coreligionnaires méprisent les autres cultures ou les insultent. Le respect et la bienveillance sont pour moi partie intégrante de nos traditions. Je regrette que l'on s'habitue à critiquer, à dénigrer, à railler, à nuire… Le discours que j'entends chez les tiens est souvent négatif, ironique, satirique même. En politique, on perd son temps à seulement fustiger les uns et ridiculiser les autres. Il me paraît préférable d'ouvrir des horizons et de proposer des chantiers concrets. Généreux. C'est même le seul moyen de n'être pas condamné à l'opposition perpétuelle.

Le militant – La faute à qui, si nous sommes encore et toujours dans l'opposition ?

Jeanne – C'est un effet de ce positionnement mortifère et qui ne peut, au final, que faire gagner l'adversaire. Tu n'en as pas assez, de jouer les épouvantails, pour aider ceux d'en face à engranger des voix ?

Le militant – Bref, tu penses que je devrais voter OUI…

Jeanne – C'est à toi de penser, maintenant – et de voter en ton âme et conscience.

Les derniers jours de notre campagne éclair, Jeanne et moi les passâmes devant des salles enthousiastes – excitées pour certaines – à faire ce qu'il y a de plus éreintant, à la fois, et de plus exaltant dans la politique : tenter de convaincre les électeurs ou – puisque nos auditoires étaient, d'avance, largement acquis – leur donner envie de relayer, à leur tour, notre parole. Les *compagnons d'armes* tenaient bon, galvanisés par la présence de Jeanne à leurs côtés. Le samedi précédant le vote, l'interdiction de parler en public nous offrit quelques heures de vacances forcées, bienvenues – que nous passâmes, hélas, pendues à nos téléphones, avec la famille et les amis trop longtemps négligés pour cause de surmenage.

Au soir du scrutin, nous arrivâmes en vue du Mont-Saint-Michel dans le jour déclinant. Bien qu'il n'eût pas plu de la journée, le chauffeur ne cessait de faire marcher les essuie-glaces, comme s'ils avaient pu dissiper le léger brouillard en suspension. On n'en voyait pas moins, au loin, le petit cône sacré, comme une pointe un peu sombre à l'horizon… Je le décrivis à Jeanne, mais sans pouvoir m'y attarder moi-même, occupée que j'étais à recueillir les indiscrétions belges et suisses, à propos de sondages *sortie des urnes*. Lorsque, de nouveau, je relevai la tête, nous n'étions plus qu'à quelques pas du Mont ; tout au sommet, déchirant la brume, l'archange d'or nous répercutait les rayons du couchant. La voiture dépassa les parkings en contrebas et s'engagea sur la digue et la passerelle, jusqu'au remblai du Couesnon. Un vent glacial nous saisit à la descente, et nous dûmes hâter le pas, emmitouflées dans nos manteaux, pour gagner l'intérieur de l'abbaye.

Juste à l'entrée, un détachement de la Garde républicaine, sabre au clair, présentait les armes aux autorités constituées. Jeanne me demanda de les lui décrire en détail. Pour un peu, elle aurait demandé à toucher, pour s'en faire une meilleure idée, leur baudrier et leur cimier… Je devais découvrir, par ailleurs, combien mon amie – elle possédait là-dessus, peut-être, la candeur des expatriés – attachait d'importance au décorum républicain, et montrait de révérence aux grandes et vieilles institutions françaises : du Cadre noir de Saumur à la Conférence du stage, de la Comédie-Française au Conseil supérieur de la magistrature, sans oublier évidemment l'Institut de France, dont les distingués membres, trônant sous la Coupole dans leurs beaux habits verts, lui paraissaient bien trop peu mis à contribution par la collectivité.

Des buffets et des écrans de grande taille avaient été disposés dans le magnifique réfectoire de la Merveille. C'est là que, dans une fébrilité contenue, attendaient les invités de la présidence. L'entrée de Jeanne fut saluée par une longue et fervente salve d'applaudissements ; après quoi, le niveau sonore monta d'un cran. Un œil sur la salle, l'autre sur leur téléphone portable, la plupart des convives se réjouissaient des bonnes nouvelles, encore officieuses, qui remontaient de toutes les sources possibles. Il semblait qu'un peu partout – y compris dans les grandes villes, traditionnellement favorables à la construction européenne – dût s'imposer le OUI à la sortie de l'Union.

Je repérai, au sein de la petite foule, un homme de radio qui, depuis vingt ans, s'était surtout fait connaître par ses récits historiques. Depuis longtemps abonnée à ses *podcasts*, je fis part à Jeanne de mon excitation ; gentiment, elle me pria de la conduire jusqu'à lui. De prime abord, le conteur médiatique demeura sur la réserve ; mais alors que Jeanne le complimentait pour me faire plaisir, il eut pour elle cette confidence :

— Certains points de vue que vous défendez sont ceux qui m'animent depuis longtemps ; hélas, dans l'audiovisuel, et avec l'étiquette d'homme d'histoire qui me colle au front, il est difficile de parler politique. C'est bien connu, l'on vous enferme dans une case… Souvent, je me suis retrouvé, devant des caméras, en compagnie de chroniqueurs qui connaissaient mieux que moi l'actualité, certes, mais en maîtrisaient moins les perspectives ; c'est à eux, cependant, que l'on demandait un avis sur tel discours, sur telle loi ; au mieux, le journaliste me priait ensuite, poliment, de comparer la situation à celle du temps de Saint Louis ou de Napoléon…

— Je comprends votre frustration.

— Mais grâce à vous, chère Jeanne-Antide, elle s'est envolée : j'ai la joie de vous voir défendre quelques-unes de mes idées mieux que je ne saurais le faire !

Jeanne demeura interdite un instant puis, sans crier gare, eut un geste inhabituel aux yeux de son entourage : elle s'approcha de l'animateur et lui appliqua sur la joue un baiser bien sonore.

Le chef de l'État nous rejoignit sur les coups de 7 heures du soir. Aimable et souriant, à son habitude, il salua chaleureusement les personnalités présentes, et s'entretint quelques instants avec le préfet et le président de la Région ; puis, d'un clin d'œil, il nous convia toutes deux à le suivre au-dehors, dans le somptueux cloître du Mont-Saint-Michel, suspendu entre mer et ciel, et baigné, en ce soir hivernal, d'un beau clair de lune. Contrairement à la fois précédente, le Président ne chercha pas à m'évincer ; il accepta même de me laisser enregistrer le dialogue.

— Sous embargo, me dit-il, fronçant les sourcils dans une moue complice.

— Pour l'Histoire, monsieur, répondis-je. Seulement pour l'Histoire.

8
Le sacre

Le soldat de métier acquiert un pouvoir de plus en plus grand, à mesure que décline le courage d'une collectivité.

NEUVIÈME DIALOGUE

Le Président – Chère Jeanne, j'attendais ce moment avec impatience… Je tenais avant tout à te remercier de ce que tu as pu faire, ces derniers temps, pour mon service et pour celui de la majorité.

Jeanne – Ce que j'ai pu faire, je ne l'ai fait que pour la France.

Le Président – Je voulais aussi te présenter des excuses pour n'avoir pas consacré moi-même, ces quelques semaines, un temps suffisant à cette campagne. Mais nous entrevoyons des résultats qui me font dire, d'ores et déjà, que tu n'avais besoin d'aucun secours.

Jeanne – Tu es seul maître de ce qu'il convenait de faire.

Le Président (*d'un ton rieur*) – Si tout le monde pouvait être aussi conciliant, mon mandat serait une promenade de santé…

Jeanne – Je suis moins conciliante qu'il n'y paraît.

Le Président – Tu permets, juste une minute, que je prenne des nouvelles ?
(*On venait d'apporter discrètement une tablette électronique au chef de l'État. Il en consulta l'écran quelques instants, les traits soudains tendus… Lorsqu'il reprit le fil de la conversation, un sourire de soulagement éclairait son visage.*)

Le Président – Sans vendre la peau de l'ours, je crois pouvoir dire que le OUI va l'emporter dans de belles proportions…

Jeanne – En même temps – comme disait ton prédécesseur –, plutôt qu'user nos forces à sortir de l'Union, on les aurait mieux employées à ne pas y entrer…

Le Président – « *Les rois n'ont pas de pied pour marcher en arrière* », disait Richelieu.

Jeanne – Mais ils possèdent une baguette magique, bien pratique pour aller de l'avant ; cela s'appelle le *budget*. Sur ce point, quelle est ta liberté de manœuvre ?

Le Président – En matière budgétaire ? Pourquoi me poses-tu cette question ? Tu veux que nous parlions du poids des *services votés* ?
(*Je fus aussi surprise que l'était le chef de l'État de cette entrée en matière abrupte, et qui me parut trahir, chez Jeanne, un sentiment d'urgence inédit.*)

Jeanne – Président, s'il te plaît, un peu de hauteur, d'élévation, de dégagement, d'amplitude !

Le Président – Mais enfin, chère Jeanne, où veux-tu en venir ?

Jeanne – À toi, chef de l'État, je voudrais parler, sans perdre de temps, du plus grave des problèmes de l'État. Du fait que l'essentiel des fonds publics atterrisse dans la poche d'une foule d'assistés.

Le Président – *D'assistés* ? Si tu dis cela en public, tu vas te faire des amis…

Jeanne – Je me moque de me faire des amis ; je veux réveiller un peuple sous hypnose. Notre pays, pour le moment, reste la République aux cent allocations et aux dix *minima* sociaux ! De quoi absorber un tiers de la richesse nationale et faire près du double du budget de l'État. De quoi, surtout, rendre impossible toute avancée dans la santé, la justice, la police ou la défense ! Je ne dis rien de la culture – on l'oublie toujours – et mets de côté l'éducation car, dans ce domaine, l'urgence se pose moins en termes de quantité que de qualité.

Le Président – Je pourrais partager ce dernier point de vue.

Jeanne – C'est bien simple : si tu veux qu'un jour l'État ait une chance de jouer à nouveau son rôle en France – la France où est née l'idée même d'État –, il est temps que toi, son chef, proposes un grand assainissement. Il est grand temps que tu repenses les aides, les allocations, les bourses, les prestations, les primes, les subventions et autres versements d'assistance !

Le Président – Tu n'as probablement pas tort. Mais ce que tu recommandes est impossible. Dis-toi que, si j'allais, ne serait-ce qu'en partie, dans ton sens, on me tomberait dessus à bras raccourcis : on dirait que je ne puise pas aux bonnes poches, que j'affame les pauvres quand il faudrait délester les riches, qu'au lieu de supprimer les subsides à des millions de gens il vaudrait mieux que j'aille chercher la fortune là où elle est, là où elle dort – ne serait-ce que dans les paradis fiscaux…

Jeanne – On dirait tout cela, je le sais, et pour ce qui est des paradis fiscaux, on aurait sans doute raison. Pour tout le reste, on aurait tort. La richesse de quelques-uns, même insolente, ne peut suffire aux besoins immenses de tous. Alors que la masse des aides, si mineures soient-elles au cas par cas, épuise le budget commun. Il te faudrait le courage d'expliquer aux gens qu'en restreignant sensiblement les prestations on créerait pour les plus modestes de la gêne, voire – dans certains cas – une détresse qu'il faudrait, bien évidemment, soulager d'une autre manière… Mais en contrepartie, on libérerait beaucoup d'argent pour entretenir les ponts et les routes, développer les centres de soins, relancer les tribunaux, faire rayonner la langue et la culture françaises, rénover les commissariats et rétablir la sécurité, mettre du carburant, aussi, dans les avions de chasse et les bâtiments de guerre… Toutes choses qui, au regard de l'Histoire, me paraissent aussi importantes que le porte-monnaie des consommateurs.

Le Président (*riant*) – Tu vis dangereusement !

Jeanne – Moins que toi, Président... Il faudrait que tu saches, une fois pour toutes, si tu veux sauver le destin, à long terme, de la France, ou sauvegarder la routine, à court terme, des Français.

Le Président – Un peu les deux, sans doute...

Jeanne – En quoi tu fais erreur : un président de la République n'est pas un Premier ministre. Il devrait s'occuper moins des Français et davantage de la France ! Fiche-leur donc la paix, aux Français ! Laisse-les travailler ou lézarder, bâtir ou détruire, et rêver, et créer, et entreprendre librement, sans entraves, sans tracasseries bureaucratiques. Au lieu de te soucier de leurs affaires, qui ne te regardent pas, occupe-toi donc de ce pour quoi on t'a élu : la France, et elle seule !

Le Président (*rembruni*) – Je vois que la victoire électorale te donne des ailes...

Jeanne – En clamant cela, tu déclencherais une autre Renaissance. Je fais confiance aux Français pour comprendre où est leur intérêt : veulent-ils profiter, pour des générations, des bienfaits d'une nation épanouie, ou tirer en cachette, comme on dépouillerait un cadavre, les ultimes avantages d'un pays à l'agonie ?

Le Président – Ton analyse en vaut une autre… Seulement voilà : comment veux-tu que j'aille proférer un tel discours ? Cela fait des lustres et des lustres qu'on ment aux gens par idéologie, aveuglement, inconscience – ou pour acheter leurs votes – et qu'on leur fait croire à un système où ils n'auraient qu'à tendre la main pour recevoir, qu'ils ont droit à tel avantage ou tel dégrèvement, telle incitation, telle enveloppe ou tel dédommagement ! Notre pays marche sur la tête.

Jeanne – Remets-le sur ses pieds ! C'est ton rôle, après tout. Tu es le commandant du navire ; celui qui doit inspirer le voyage, ordonner le départ, surveiller le cap, contrôler la manœuvre, et – en fin de compte – commander. Installé à la barre, renforcé ce soir dans ton rôle, que peux-tu redouter ? Une mutinerie ? Elle te ferait entrer dans l'Histoire. Un assassinat ? Il t'éviterait d'avoir à redescendre, un jour, de la passerelle… Et si ton angoisse est de manquer ta réélection, alors interdisons le second mandat ! À condition d'allonger le premier…

Le Président – Pourquoi ne pas instituer le *décennat* unique, en effet ?

Jeanne – L'État doit faire son travail. Il n'est que temps que tu acquières, dans l'action, une vraie marge de liberté – ce qui ne veut pas dire : vendre l'argenterie de famille.

Le Président – Je n'ai rien vendu depuis mon élection.

Jeanne – Tes devanciers l'ont fait ! Ils ont bradé nos résidences diplomatiques, liquidé notre patrimoine militaire, vendu nos ports et nos aéroports, privatisé nos autoroutes, parfois monnayé le mobilier national et gagé même, sans le dire, certains trésors de nos musées ! Comble impardonnable : ils ont cédé ce monopole des monopoles qu'étaient les loteries ! Pour piètres qu'aient été leurs mandats, ces présidents resteront dans les mémoires comme les fossoyeurs du bien dont la nation les avait faits dépositaires.

Le Président (*grimaçant*) – Après les rois fainéants, les *présidents fossoyeurs*… Joli nom pour l'Histoire !

Jeanne – Ce nom terrible, méfie-toi de ne pas, toi-même, le mériter un jour ! Le patrimoine public, c'est la richesse des pauvres. Le plus humble SDF doit pouvoir se sentir propriétaire du château de Chambord, au même titre que le banquier d'affaires.

Le Président – On va te répondre que *ça lui fait une belle jambe*…

Jeanne – Qu'on le laisse répondre lui-même ! Pour ma part, j'aimerais mieux n'avaler, des mois durant, que des pommes de terre ou des pâtes plutôt que de vendre une seule fourchette de la ménagère en argent de ma grand-mère.

Le Président – Ce que tu dis est beau et fait du bien à entendre, comparé à la médiocrité de ceux qui vendent les souvenirs de famille pour remplir leur frigo… Mais comprends-moi, chère Jeanne : notre époque n'est plus aussi sensible à la noblesse et à la dignité…

Jeanne – Je suis certaine du contraire.
(*Nous fûmes alors rejoints par le conseiller spécial, tout sourires. Il serra chaudement la main du Président, embrassa Jeanne de bon cœur et, sans détour, annonça que le référendum était plus qu'un succès, et que la France, dans quelques minutes, se dirigerait calmement vers la reprise en main de son destin. Jamais je n'avais vu le patron à ce point rayonnant.*)

Le Président (*prenant Jeanne, à son tour, par les épaules*) – Grâce à toi, en grande partie, nous voilà donc débarrassés de cette chape qui, depuis tant d'années, asphyxiait la France, bridait ses élans, entravait sa liberté. Comment te dire tout ce que notre pays te doit, te devra désormais ? Puisque mes fonctions m'autorisent à parler pour la France, sache qu'en son nom je te remercie de tout cœur.

Jeanne – C'est gentil, mais je n'ai pas fait cela pour m'entendre remercier – au propre comme au figuré. Ce référendum n'est pas un aboutissement ; ce n'est à mon sens que le commencement. Ce doit être l'acte premier d'une grande et ambitieuse reconquête.

Le Président (*avec un sourire que je pris un peu vite pour chaleureux*) – Je n'envisage pas les choses autrement…

Jeanne – Pardon, mais avant-hier – donc à la veille du scrutin –, je te voyais, à la télé, tendre la main aux écologistes et entamer des négociations avec ceux mêmes qui, depuis des mois, fourvoient le peuple et n'ont de cesse d'abîmer le pays !

Le Président – Ah, chère Jeanne, que tu peux être rafraîchissante ! Pour autant, n'oublie jamais la politique ! Oui, Jeanne, la politique : tu sais, cette grande kermesse sombre, avec ses simulacres plus vrais que nature et son terrible cortège de fausseté.

Jeanne – Si c'est là ta vision de la politique, il est peut-être encore temps de changer de métier.
(*Je pinçai le bras de Jeanne pour l'exhorter à la modération. Heureusement, elle fut sauvée par le gong : 20 heures venaient de sonner ; les grandes chaînes livraient enfin leurs estimations ; et comme*

en écho à la nouvelle que nous venions d'apprendre avec un peu d'avance, une clameur fervente s'éleva du réfectoire. Nous nous félicitâmes de nouveau et suivîmes le Président vers l'intérieur, pour les congratulations d'usage au soir des victoires.)

9
NOS COMITÉS *TOUSSAINT 22*

Le moyen d'aimer une chose
est de se dire qu'on pourrait la perdre.

Les lendemains de fête sont parfois amers. Ce fut le cas de celui-ci, marqué par un coup de théâtre que nous n'avions pas senti venir. Pendant cette campagne éclair, mon amie m'avait confié, un soir que nous voyagions, fourbues, d'une ville-étape à l'autre :

— On s'amuse bien, toutes les deux. Quand tout sera fini, il nous faudra une cause nouvelle, pour continuer à partager de bons moments.

Sur le coup, j'avais relevé la gentillesse de sa remarque ; mais pour tout dire, je n'avais pas eu le cœur d'envisager la fin de notre étonnante aventure. La suite devait me rappeler, hélas, que la roche Tarpéienne est proche du Capitole.

Le jour d'après ce qu'un journal local avait appelé *le triomphe du Mont-Saint-Michel*, alors que le monde entier résonnait de la nouvelle et que, sur les plateaux, dans les studios, au sein des rédactions, les analystes se demandaient si l'Union européenne allait ou non céder à la pression du peuple français, nous nous coupâmes un moment des médias pour prendre un interminable déjeuner sous la véranda de l'hôtel – « le *brunch* de la victoire », avait murmuré Jeanne avec une pointe de fierté bien légitime. Dans ce moment de relâchement, je dus faire une remarque oiseuse sur les hauts et les bas de la vie politique, ou sur son caractère imprévisible… Je ne mentionne cela que pour citer la sage réponse de mon amie – jamais je ne devais l'oublier :

— Il faut laisser à toute chose le temps de se bonifier. Ou d'être bonifiée ! Les olives crues sont très amères, la fève de cacao l'est aussi – et pourtant, regarde : tu t'es resservie de la tapenade, tout à l'heure, comme tu te régales à présent de ta mousse au chocolat…

Argos, plus soucieux que jamais du bien-être de sa maîtresse, se mit à grogner lorsque la serveuse, une robuste femme entre deux âges, s'approcha de notre petite table – un peu trop, sans doute, au goût du chien… Jeanne se crut obligée de présenter des excuses –, et c'est ainsi que s'amorça le dialogue le plus savoureux, sans doute, de ceux dont j'ai gardé la trace. C'est moi qui en ai, de mémoire, reconstitué après coup les premières phrases.

DIXIÈME DIALOGUE

La serveuse – C'est qu'il me mangerait toute crue, celui-là !

Jeanne – Je réponds de lui, aucun danger.

La serveuse – Avec les chiens, sait-on jamais – mais le vôtre sait obéir.

Jeanne – C'est un chien d'aveugle, il est bien dressé. (*Ici commence l'enregistrement.*)

La serveuse – *Dressé*, tu parles ! Question de nature, ça…

Jeanne – Je crois à la culture plus qu'à la nature. Pour ce qui est des chiens, le dressage fait la moitié, le reste est affaire d'amour… Quand ils sont petits – jusqu'à deux ans – il faut savoir être ferme avec eux : leur poser des limites, leur dessiner un cadre, leur fixer des règles auxquelles, toute leur vie, ils se confronteront – pour les enfreindre au besoin…

La serveuse – J'aurais dû vous confier mes gamins. Mon garçon, surtout : rien à en tirer ! Alors, je sais ce que vous allez répondre : les gamins, c'est pas comme les chiens…

Jeanne – J'allais dire le contraire. Nous dressons de moins en moins les chiens, nous éduquons de moins en moins les enfants – tout en prétendant que nous voulons, pour eux, le meilleur… Mais à refuser de les punir, contraindre, brider parfois, nous les désarmons ; nous les jetons dans l'existence, dépourvus de l'armature qui fait les gens de bien. Les garçons et les filles de ma génération sont gentils, c'est vrai, souples, aimants et volontiers lucides ; mais je trouve que, sauf exception, ils manquent de cran. Savoir serrer les dents, aimer se mesurer, vouloir sauter un repas ou passer une nuit blanche pour travailler davantage – l'instinct du dépassement n'a plus assez de place dans leurs vies faciles et molles.

La serveuse – *Faciles et molles* ? On voit que vous ne connaissez pas mes gamins ! Parce que pour galérer, les pauvres, on peut dire qu'ils galèrent ! Mon garçon, surtout ; j'ai peur qu'il refasse des bêtises avec les médicaments, ce salopiau…

Jeanne – Ils ont froid ? Ils ont faim ? Ils souffrent physiquement ? Ils mettent leur tranquillité en danger pour secourir les autres, et risquent leur

avenir par fierté ou défi ? Ton silence répond pour toi… Ce que tu appelles *galérer*, c'est sans doute échouer à trouver un travail, c'est manquer d'argent pour être autonome, c'est voir la société se fermer, là où l'on aimerait qu'elle s'ouvre… Bref, pas de quoi fouetter un chat.
(*La serveuse, sans doute irritée par les propos tranchés de la jeune aveugle, s'éloigna en direction du buffet, sous prétexte de le remettre en ordre ; mais elle finit par se rapprocher, attirée, me sembla-t-il, par un discours qui tranchait sur les platitudes habituelles.*)

La serveuse – Vous allez visiter le Mont ? Avec un peu de chance, ils vous laisseront passer ; hier, ils avaient tout bouclé – pas moyen d'entrer. La faute à l'autre insignifiant…

Jeanne – De qui parlez-vous si durement ?

La serveuse – Du Président, pardi ! Vous avez pas entendu l'hélico, cette nuit ? C'est qu'il y avait du beau monde, là-haut, hier soir – paraît qu'ils s'en sont mis jusque-là. À nos frais, je vous rassure… Ah, ça coulait, le mousseux ! C'est mon gendre qui nous a raconté ça : il est allé donner un coup de main, pour le service…
(*Afin de couper court au* quiproquo, *je demandai à la serveuse si elle reconnaissait Jeanne.*)

La serveuse – Non, pourquoi, je devrais ? Si vous êtes de la télé, dites-vous que je la regarde jamais. Pour entendre tous leurs mensonges et revoir dix fois les mêmes choses – merci bien ! J'écoute un peu la radio, c'est pas pire – malgré les pubs –, et dès que c'est le journal, clic, je tourne. Je suis comme les petits singes des trois secrets du bonheur : *rien voir, rien dire, rien entendre*… Enfin, je vous sors ça, à vous qui n'avez pas vos yeux… Mais vous comprenez ce que je veux dire.

Jeanne – Et vous avez voté, hier ?

La serveuse – Mais comment voulez-vous ? Je travaillais, moi – et le bureau de vote est à quarante bornes de l'hôtel… De toute façon, il y a belle lurette que je vote plus !

Jeanne – Sans indiscrétion, je peux vous demander pour quel camp vous auriez voté ? Celui du OUI, celui du NON…

La serveuse – Pour le camp de ceux qui en ont marre de leurs bêtises. Moi, ce que je vois, c'est qu'on nous demande de bosser en silence, de payer en silence, de souffrir en silence ! Mon mari, qui était plombier, il a dû mettre la clef sous la porte, rapport aux Polonais ; et moi, il faut que j'aille de plus en plus loin pour trouver du boulot. Avec les gamins qui galèrent – je maintiens, voyez – et ma belle-mère dans un mouroir à mille balles par mois – si c'est pas malheureux ! Elle demanderait qu'à partir, la pauvre ; mais on lui en reconnaît pas le droit ! Même ça, c'est interdit : se fiche en l'air.

Jeanne – En Nouvelle-Calédonie, d'où je viens, les populations locales essaient de garder les vieux parents au sein de la famille. Entourer les anciens, s'occuper d'eux, profiter de leur sagesse... La solution aux galères des gamins, ce serait peut-être de leur confier les grand-mères – tout en économisant sur le mouroir...

La serveuse – Alors là, vous y êtes pas du tout ! La vie, c'est pas si simple, voyez ? C'est comme pour ma fille : deuxième fois que, d'accord avec mon gendre, elle est obligée de faire passer son gamin. Vous vous rendez compte ? « T'as pas les moyens d'être grand-mère », qu'elle me dit, ma fille... (*Je sentis Jeanne, pour une fois, désarçonnée par tant de franchise.*)

Jeanne – Et... le fait que la France veuille changer en profondeur la coopération européenne, c'est une inquiétude ou un soulagement ?

La serveuse – Tout ce que je peux vous dire, c'est qu'on n'est plus fiers d'être français. Ils nous en ont dégoûtés, à force. Vous votez dans un sens, ils prennent la direction contraire. Et à chaque fois que vous entendez les nouvelles, c'est pour apprendre qu'on a vendu ceci, fermé cela... On est plus grand-chose, c'est ça, la vérité ! La France, vous savez... Au point où elle en est, elle ferait mieux, elle aussi, de mettre la clef sous la porte. Il vous fait rêver, vous, ce pays ?

Jeanne – Imagine une seconde que le pays retrouve une complète liberté d'action. Imagine que, de nouveau, on puisse faire de vrais choix, monter de beaux projets. Et associer tout le monde à l'action commune, sans exclusive d'origine ou de niveau, chacun selon ses aptitudes...

La serveuse – Arrêtez, vous allez me faire pleurer ! C'était avant, tout ça... Maintenant, on est plus bons qu'à obéir aux Allemands pour faire plaisir aux patrons. Plus bons qu'à accueillir toute la misère du monde, sans dire un mot plus haut que l'autre ; on est plus chez soi, on fait plus ce qu'on veut, je vous dis : on est pas grand-chose.

Jeanne – Tu parles comme les *Gilets jaunes*...

La serveuse – Ah, mais c'est que je l'ai, moi, mon gilet jaune ! Vous voulez que je vous le montre ? Oh, pardon...

Jeanne – Ne t'inquiète pas : je le vois avec mes oreilles, avec mon cœur... La France qu'il faut rebâtir, c'est une France de l'effort, pas une France du confort.

La serveuse – Des mots, tout ça...
(*Jeanne alors se lança dans le monologue dont suit la transcription ; je n'osai, sur le coup, lui dire que son interlocutrice s'était retirée, et qu'elle parlait dans le vide...*)

Jeanne – Mon père nous a élevés, mes frères et moi, dans l'antagonisme de ces deux notions : le confort et l'effort. Le confort, selon lui, consiste à émettre des opinions qui font plaisir aux gens mais ne servent qu'à soi. L'effort, au contraire, c'est soutenir des points de vue propres à heurter les autres, mais pouvant leur être utiles, même à leur insu. Exemple : il est plus facile – c'est un confort – de dire : j'aime les chiens que d'admettre – c'est un effort – la nuisance, en ville, des déjections canines ; plus facile de dire : j'aime la nature et de se conformer au tri des ordures que d'accepter que les modes de vie modernes soient polluants, quoi qu'on fasse, et de l'assumer ; de dire – confort – que l'on déteste la xénophobie que d'admettre – effort – certaines incompatibilités entre cultures ; de dire avec le Poète : « Quelle connerie, la guerre ! », que de concéder l'utilité de certains conflits ; d'affirmer que la santé prime sur tout autre chose, que d'admettre, dans certains cas, que son coût peut

se révéler rédhibitoire… Clamer en théorie que l'on est bon, ouvert, généreux et humain, c'est un confort, certes, mais qui ne fait de bien qu'à soi ; se reconnaître lucide, méfiant, réaliste et donc impopulaire, c'est un effort, mais qui peut faire du bien aux autres. Pardon si cela te choque ; mais contre la facilité, j'ai depuis longtemps opté pour la difficulté. Cœur et courage font l'ouvrage.

— Jeanne ?

— Pardon, Anissa, je parle avec la serveuse.

— Mais elle est partie !

— Ah… Je suis désolée… Je dois dire… J'avoue qu'entre le suicide manqué du fils, l'euthanasie impossible de la mère et l'avortement répété de la fille, elle m'a un peu déstabilisée, cette femme.

— Continue pour moi, Jeanne ! Cela m'intéresse de savoir selon quels critères, d'après toi, une position relève du confort ou de l'effort.

— La plupart des engagements moraux ne sont en réalité que des mots ; ils relèvent du confort mental. Seuls comptent les actes qui, eux, peuvent témoigner d'un effort. Sinon, tu passerais ta vie à te laisser abuser par des personnes qui vantent l'école publique et sélectionnent pour leurs enfants les meilleurs lycées privés ; ou ceux qui se déclarent contre la pauvreté mais ne donnent jamais rien à personne…

— Bien d'accord avec vous !

Irruption sous la véranda du conseiller spécial qui, arborant un sourire forcé, m'interrogea du regard pour savoir à qui s'adressait ce beau discours. Je fis une moue furtive et confirmai à mon amie la présence du patron. Il s'était penché vers elle :

— Encore merci, Jeanne-Antide ! Sans vous, nous n'en serions probablement pas là.

Faussement patelin, il nous demanda pour la forme la permission de s'asseoir un moment pour *grignoter un croissant.* Mais quand je lui présentai la corbeille de viennoiseries, il la repoussa sans y prêter attention.

— Alors, attaqua-t-il, bille en tête, qu'allez-vous devenir maintenant ? Vous savez, Jeanne-Antide, vous pouvez tout me demander. Tout ! Si c'est en mon pouvoir, je me mettrai en quatre pour vous satisfaire.

La jeune femme ne répondit rien.

— Vous allez peut-être retourner à Nouméa, voir votre famille ?

— Ma famille réside à La Foa, répondit Jeanne, et dans les jours qui viennent, c'est elle qui va venir à moi.

En effet, elle venait de consacrer ses indemnités de campagne à organiser l'arrivée en métropole de ses parents et de ses frères. Ainsi, la famille réunie devait-elle fêter Noël à Besançon – ville de naissance du père de Jeanne.

— Je crois savoir, reprit le patron, qu'un de vos frères a postulé pour un poste dans la marine nationale ; je vais donner un coup de pouce à sa candidature. Pour le reste, Jeanne-Antide, et quoi que vous fassiez, dans n'importe quel domaine, sachez que nous serons derrière vous.

La jeune femme demeura de nouveau sans répondre ; elle devait m'avouer, bien plus tard, qu'elle s'était retenue d'ironiser : « *Derrière moi* pour me pousser dehors. » À la manière dont ses traits s'étaient soudainement tendus, j'avais senti, du reste, qu'elle-même flairait le mauvais coup.

— En attendant, ajouta le conseiller spécial, comme s'il déroulait un discours répété à l'avance, le *Grand Chef* m'a chargé de trouver des fonds pour vous remercier à la hauteur du grand service que vous venez de rendre au pays.

— Je n'ai rien accompli pour de l'argent !

— Je me doutais de cette réponse. Si vous préférez qu'une donation soit faite à une œuvre de votre choix, nous…

— Le combat n'est pas terminé, coupa Jeanne d'un ton glaçant ; je dirais qu'il ne fait que commencer.

Le patron, dont le sourire s'était crispé, ne semblait pas vraiment surpris ; mais se tournant vers moi, il lança tout de même :

— Elle n'est pas banale, votre copine !

— Chacun, marmonnai-je, aura pu le constater.

J'aurais eu envie d'être moins aimable.

— Non, le combat n'est pas terminé, insista *la Gamine de Strasbourg*. Il doit aller à son terme, et mes *compagnons d'armes* ne demandent pas autre chose. J'ai eu trop de mal à venir jusqu'à vous pour m'en éloigner aussi vite. Il y a tant à faire !

— Vous aimeriez, peut-être, participer, d'une manière ou d'une autre, aux tractations avec Bruxelles ?

— Merci, mais les discussions de marchands de tapis ne m'ont jamais intéressée. Par contre, si vous voulez me charger d'une mission, il y en a une – ou plutôt deux qui me plairaient : l'intégration des populations d'origine étrangère et la lutte contre la désertification des campagnes. Avec un peu de chance, on doit pouvoir, de ces deux dossiers, ne faire qu'un.

Ce petit mystère n'en était pas un pour moi : Jeanne m'avait expliqué, lors d'un de nos trajets, qu'elle trouvait effrayante l'incitation fiscale à bâtir des maisons neuves, alors que tant de jolies maisons anciennes, au cœur des bourgs et des villages, tombaient en ruine, plus ou moins.

— C'est le contraire, Anissa, de ce qu'il faudrait faire ! À cause de ce contresens, et sous l'influence d'un Bâtiment qui préfère le neuf à l'ancien, nous défigurons nos campagnes à coups de lotissements affreux, tout en laissant se dépeupler, se dégrader puis mourir le cœur de nos petites communes.

— Le problème des campagnes, avais-je renchéri, c'est le départ des habitants…

— Et celui de certaines banlieues, c'est leur surpeuplement. Pourquoi ne pas inciter les populations des secondes à repeupler les premières ? Et redonner ainsi de la vitalité au pays ?

Je n'avais pas, sur le coup, osé lui avouer que l'initiative, quoique bien intentionnée, me semblait un brin utopique… De fait, deux longues décennies allaient passer, avant que ne soit adoptée la loi-programme Aubier, ainsi nommée à titre d'hommage et dont on a pu, depuis trente ans, mesurer tout le succès. Je crois pouvoir le dire sans exagération : si les villages de France ont, aujourd'hui, retrouvé leur vie d'antan, c'est largement à Jeanne-Antide qu'on le doit.

Mais les ambitions de mon amie ne s'arrêtaient pas là. Bien que le patron lui eût signifié son congé, c'est un véritable programme de réformes qu'elle mit sur pied à cette époque. J'assistai, sidérée, à l'élaboration d'ambitieux plans de bataille – alors même qu'en haut lieu l'implication de Jeanne paraissait n'être plus souhaitée. Pour soutenir son action et la relayer, elle s'appuyait sur le réseau tout neuf, d'autant plus enthousiaste, de ses *compagnons d'armes*. Le discours de la place Kléber, à Strasbourg, ayant été prononcé la semaine de la Toussaint 2022, les jeunes gens qui, d'enthousiasme, voulaient propager ses idées nommèrent leur mouvement *Toussaint 22*. Omniprésents sur Internet, des comités *Toussaint 22* relayèrent dès lors son action, diffusant ces messages dont Jeanne se révélait prodigue. Je dois à la vérité de préciser que, pour alimenter tout cela, elle devait finalement accepter les sommes promises par le conseiller spécial – sans promettre pour autant d'accéder à ses demandes… Des fonds importants vinrent, du jour au lendemain, doter des comités qui n'avaient rien espéré.

Tiré de mon carnet de citations : On oublie facilement que Jeanne d'arc, après avoir été mise au service de la souveraineté française par le dauphin Charles et sa belle-mère, Yolande d'Aragon, a été abandonnée par eux ; ils voulaient tranquillement reprendre le cours d'une politique plus classique. Du reste, elle-même a bien senti que son rôle devenait moins évident... Comme l'écrit Jacques Bainville dans son *Histoire de France* : « *Jeanne d'Arc, après l'apothéose de Reims, eut un de ces pressentiments qui ne la trompaient pas : sa mission était finie. Il ne lui manquait plus que l'auréole du martyre.* » Ce martyre que Charles et Yolande allaient se charger de rendre possible.

Je sentais bien, malgré tout, que nous n'avions plus le soutien des autorités et que, dans notre ciel, s'accumulaient les nuages. Un peu plus âgée, nettement plus expérimentée que Jeanne, je considérais comme un devoir pour moi de la préparer aux désillusions.

— Quand nous nous sommes rencontrées, je t'ai dit que j'avais étudié les cas de deux prophètes de mission : Thomas Martin, de Gallardon dans la Beauce, et Claire Ferchaud, de Loublande en Vendée.

— Tu ne m'as jamais révélé l'histoire de Claire Ferchaud.

— En vérité, je crains que son cas ne t'inquiète...

Je lui racontai que la jeune Claire – vingt ans – avait reçu pendant la Grande Guerre – en 1916 – une vision qui lui enjoignait d'aller trouver le président de la République, pour lui demander de se convertir et de montrer le bon exemple au pays. Cela passait, dans un esprit de jeune Vendéenne catholique, par la détestation d'une franc-maçonnerie alors puissante. Par l'entremise d'un député royaliste – Baudry d'Asson – Claire avait fini par être reçue à l'Élysée, le 21 mars 1917. Entre autres demandes, elle avait prié Raymond Poincaré de faire broder, sur le blanc du drapeau tricolore, l'image du Sacré-Cœur. Évidemment, le président n'en fit rien – pas plus que les quatorze généraux d'armée auxquels, par la suite, elle fit par écrit la même requête… Seul le général Foch lui prêterait une oreille assez bienveillante pour faire dire une messe privée, le 16 juillet 1918, vouant au Sacré-Cœur l'ensemble des armées alliées… N'ayant pu se faire entendre davantage, Claire devait fonder, à son retour en Vendée, une communauté religieuse, ce qui ne l'empêcha pas d'être désavouée par le Saint-Office, et cela dès 1920 ! Le gros demi-siècle qu'elle avait encore à vivre, elle devait le passer dans un oubli relatif, sous le nom de sœur Claire de Jésus-Crucifié.

— Ce n'est pas un destin indigne, hasardai-je pour chasser du visage de mon amie l'ombre qu'une comparaison trop évidente y avait installée.

— Tu veux rire ? C'est le pire qui soit, me rétorqua-t-elle ; une vie d'échecs et de renoncements : messagère sans écho, conseillère sans effet... Je ne voudrais d'un tel destin pour rien au monde.

Le premier coup du pouvoir contre Jeanne fut porté par mon patron, et le fut à travers moi. Sans sommation, je reçus un message expéditif, m'indiquant que ma mission « auprès de Mlle Jeanne-Antide Aubier avait expiré » et que je devais « sans délai rejoindre la présidence pour y assumer les tâches » qui ne manqueraient pas de m'être confiées sous huitaine. Sauf à démissionner – ce qui, à cette époque, me parut inimaginable –, je devais donc laisser Jeanne à ses projets et confier son sort aux bons soins des comités *Toussaint 22*... Nos adieux me déchirèrent le cœur et, même si nous échangeâmes, bien sincèrement, la promesse de rester en contact suivi, j'ai le souvenir d'avoir eu, en la serrant dans mes bras, le sentiment d'y abandonner la meilleure part de moi-même.

La période des fêtes se déroula, de mon côté, dans une atmosphère lugubre ; Jeanne m'avait conviée à Besançon, pour y réveillonner avec sa famille ; mais, soit crainte de froisser la mienne, soit volonté de croire qu'il était préférable de tourner la page, je choisis de demeurer à Paris, où les troubles s'apaisaient peu à peu, autorisant les services de la présidence à retrouver le chemin de l'Élysée.

L'année 2023 semblait devoir être celle du nouveau président. Nimbé de sa victoire au référendum, confirmé d'autant dans sa légitimité, le nouveau chef de l'État profita de l'anniversaire de son élection pour organiser son propre triomphe. À l'intérieur, il multipliait les alliances avec ses ennemis de la veille ; à l'extérieur, sa position de leader d'une Europe du Sud en pleine sécession lui conférait un grand crédit. J'eus l'occasion, pendant toute la fin de l'hiver, d'écrire pour lui des discours que le patron, accaparé par de complexes négociations avec Bruxelles, ne prenait même plus la peine de corriger.

Cependant je suivais, grâce aux réseaux sociaux, l'activité foisonnante de Jeanne, et m'efforçais de rester en contact. Toutefois, l'éloignement me faisait voir plus clairement les risques inouïs qu'elle prenait, heurtant constamment, et de plein fouet, l'opinion communément admise. Chacune de ses interventions médiatiques – et elles étaient fréquentes – mettait le gouvernement au défi d'emmener plus loin le pays sur la voie de l'indépendance et de la liberté. Tremblant pour elle, il m'arrivait souvent, par message, de la mettre en garde contre son propre enthousiasme.

— Cela pourrait finir mal, lui disais-je quand, rarement, elle trouvait le temps de me téléphoner.

— Ce ne sont pas les menaces qui manquent, me répondit-elle un jour.

Et elle riait.

Le 21 février, jour du Mardi gras, je vis son nom s'afficher sur mon *smartphone*. À peine avais-je décroché, j'entendis :

— Anissa, viens vite ! Anissa, c'est affreux : ils ont tué mon Argos !

Mon sang se glaça dans mes veines. Quand elle put parler calmement, Jeanne m'expliqua comment, rentrant se coucher après un dîner-débat, elle avait plus ou moins trébuché sur le corps de son chien, décapité au couteau. Un acte de cruauté sans nom envers celle qui, depuis des années, se guidait dans la vie à travers les yeux du pauvre Argos – une menace à ce point violente qu'elle mit sur les dents les services de police.

Ce soir-là, en réservant mon billet de train pour la rejoindre, j'eus l'absolue certitude que ce qui commençait pour elle, pour nous, relèverait du chemin de croix.

10
Blessée

Il n'est rien de plus nuisible à la réalisation des projets
que cette importance démesurée
que l'on attache à la victoire immédiate.
Rien n'échoue comme le succès.

La Jeanne-Antide que j'avais quittée fin 2022 était une jeune femme apaisée, sûre d'elle, rayonnante à force de vérités assénées. Celle que je retrouvai au printemps 2023 me parut moins assurée, plus nerveuse… Légitimement affectée par la mort de son Argos, mais aussi fatiguée par les longues semaines de rencontres et d'interventions qu'elle avait multipliées, dans toutes les provinces. Les *compagnons d'armes* ne la ménageaient pas ; n'ayant plus à redouter le barrage que, dans les débuts, j'avais su instituer, tous ces jeunes gens tendaient, sans malice, à profiter de la disponibilité de leur égérie et de son dévouement sans borne à la cause. Mme Aubier, demeurée auprès de sa fille jusqu'à la Chandeleur, avait fini par regagner la Nouvelle-Calédonie, la livrant tout entière à une espèce de petite cour qui, désormais, l'exploitait au prix de flatteries grossières.

— Je vais mettre de l'ordre à tout cela, proposai-je dès mon retour. Ces gens t'ont mise en esclavage !

— Ils abusent, c'est vrai, me concéda Jeanne ; mais ce n'est qu'avec mon assentiment tacite. Nous sommes au cœur de la mêlée ; ce n'est pas le moment de mesurer sa peine.

— Si tu veux continuer d'être utile au pays, il va falloir te ménager un peu…

— J'ai l'intention, tout au contraire, de redoubler d'efforts.

J'avais menti au conseiller spécial pour qu'il m'accorde un congé et que j'aie tout le temps de m'attarder auprès de Jeanne, et mieux m'occuper d'elle. Ne l'avais-je pas, à Nouméa, promis à sa mère ? Du reste, je constatai l'effet apaisant de ma présence sur une jeune personne solide, certes, et sans doute difficile à déstabiliser, mais qui pour autant n'était pas dépourvue de fragilités. Quelque chose avait changé. Mes conseils et mes attentions étaient toujours bien accueillis ; mais avec une imperceptible distance, désormais, et parfois la pointe d'agacement que trahissaient chez elle une roseur des joues et un timbre légèrement voilé. Disons-le : j'eus plusieurs fois l'impression qu'elle voulait me proposer le rôle jusque-là dévolu au caniche royal, en attendant qu'on pût lui fournir un nouveau chien d'aveugle.

Dans le même temps, bien que sombre et légèrement tendue, Jeanne m'apparut plus proche des gens. Sans doute à force d'écumer les villes et les bourgs, de sillonner les régions… Elle qui, lors de son arrivée en métropole, m'avait semblé détachée des réalités quotidiennes, se faisait peu à peu l'ethnographe du peuple, désormais au fait des situations de tout un chacun. La plupart du temps, le contact qu'elle établissait avec les inconnus n'avait qu'une portée limitée ; Jeanne s'y mettait à l'écoute, n'intervenant que peu et ne donnant son opinion que de manière occasionnelle. Aussi, le plus souvent, effaçais-je la trace de ces entretiens, sitôt enregistrés.

Seulement deux dialogues de cette série ont échappé à ce tri sévère. Voici le premier. C'était une semaine après mon retour. Lors d'un déplacement dans une cité plus que sensible de la grande banlieue parisienne, Jeanne apprit qu'une section de CRS montait la garde, près de la mairie où nous avions rendez-vous. Elle me demanda de l'en rapprocher, la police lui étant devenue plus chère encore, depuis la mort de son chien. Jeanne prit langue avec un brigadier, d'autant plus facilement qu'il l'avait reconnue. La transcription que voici donne une idée du changement opéré dans l'attitude de la jeune femme ; elle qui, quelque temps plus tôt, assénait volontiers ses vérités – pouvant, à l'occasion, pontifier quelque peu –, s'y montre moins en position d'éveilleuse qu'en qualité d'enquêtrice.

ONZIÈME DIALOGUE

Le policier – On vous soutient, vous savez ? Ce que vous clamez haut et fort, c'est ce que nos politiciens devraient dire depuis longtemps !

Jeanne – Je parle comme un politicien ?

Le policier (*riant*) – Ne me faites pas dire ce que je n'ai pas dit !

Jeanne – Raconte-moi comment on devient policier. Par quelles circonstances de la vie.

Le policier – Dans mon cas, les circonstances n'y sont pour rien ; je voulais servir. Servir, vous comprenez ?

Jeanne – Je comprends.

Le policier – Je voulais me mettre à la disposition des autres. Pour les sauver si nécessaire… En tout cas, pour les aider.

Jeanne – Une vocation, en somme.

Le policier – Oui, la seconde pour moi ! Car avant cela, je voulais être médecin ; j'ai d'ailleurs fait les deux premières années de fac ; seulement c'étaient des études longues, alors j'ai choisi une autre voie…

Jeanne – Pourquoi celle de la police ?

Le policier – Parce que c'était une carrière « au service », et qu'on y offrait les études. Je ne voulais plus être à la charge de mes parents. Mon père était retraité de la Légion, on ne roulait pas sur l'or.

Jeanne – Servir, donc…

Le policier – Oui. Quand je suis devenu officier dans les CRS, on m'a proposé d'aller enseigner nos méthodes de maintien de l'ordre dans des pays alliés. Ce que j'ai fait… Vous savez, le monde entier respecte notre façon de gérer les foules sans faire de victimes – je devrais parler au passé car, hélas, ces derniers temps, il nous est arrivé de faire des dégâts…

Jeanne – Qu'est-ce qui a changé ?

Le policier (*levant l'index*) – Là-haut, ils ont la trouille. Je dirais même qu'ils ont peur de leur ombre. Peur des procès, peur des médias, peur de tout… Et vous voulez que je vous dise ? Un pays gouverné par des poltrons est un pays perdu.

Jeanne – Ce sont leurs ordres, que tu contestes ?

Le policier – Lorsqu'une manifestation est interdite et qu'au lieu de faire évacuer les lieux on nous donne l'ordre de protéger des manifestants violents, porteurs de drapeaux de toutes sortes, je vous avoue que cela me perturbe. Surtout quand ça intervient une semaine après qu'on nous a obligés à disperser un rassemblement pacifique d'anciens combattants, bardés de médailles…

Jeanne – Il est vrai que la police est souvent intraitable avec les bons citoyens. C'est le signe d'un État décadent : on prie les forces de l'ordre de détourner les yeux des vrais délinquants, pour verbaliser d'autant plus le contribuable et empoisonner la vie de l'administré. Se montrer dur avec les *Gilets jaunes*, doux avec les *Black blocs*…

Le policier – Là, je sens qu'on va parler des violences policières…

Jeanne – Cela n'existe pas ?

Le policier – Dans les journaux télé, si ! *Violences policières* : moi, on m'avait appris que l'État disposait du monopole de la violence physique légitime. De toute façon, les médias ne nous aiment qu'en période d'attentats… Le reste du temps, ils passent sous silence nos nuits blanches au service de la République, dans des cantonnements sans chauffage, parfois dans des habits trempés… Et nos congés reportés, et nos primes non payées. Et la sollicitation, deux cent cinquante jours par an. Et l'ordre récurrent d'endurer, sans répliquer, les agressions verbales et même physiques – tout cela dans le non-dit : n'oublions pas le devoir de réserve !

Jeanne – Je te sens dégoûté…

Le policier – Moi qui voulais servir la France, je commence à me poser des questions. Comme dit un de mes collègues : j'en ai *ras le casque*.

Quelques minutes plus tard, nous étions reçues par un maire exemplaire, entièrement dévoué à une ville pourtant difficile. Lui-même ancien militaire, père d'une famille prolifique, il était entré en politique comme d'autres prennent la bure, pour se mettre au service d'une cause plus grande. Son credo aurait pu se résumer à peu de mots :

— Je voudrais que, à la fin de mes mandats, il n'y ait plus ici que des Français, de toutes origines, peut-être, mais seulement des Français au service de la France.

Comme en écho à ce vœu audacieux, Jeanne cita de mémoire un extrait du discours de candidature du socialiste Arnaud Montebourg, prononcé à Frangy-en-Bresse en 2016. Évoquant le rétablissement d'un service national obligatoire, *civil et militaire, égalitaire et universel*, l'ancien ministre avait lancé : « Tous les jeunes gens, jeunes hommes et jeunes femmes, enfants de riches ou de pauvres, seront traités sur un pied d'égalité : fils de bourgeois, filles des quartiers, peu importe leur religion, mais tout d'abord Français et passionnément au service de la France. »

Je reproduis ici la partie non confidentielle du bel échange que ce maire eut avec Jeanne ; c'est le deuxième et dernier des entretiens-enquêtes que j'ai gardés de *la Gamine de Strasbourg*.

DOUZIÈME DIALOGUE

Le maire – L'histoire de France, à l'heure où je vous parle, se joue dans les banlieues. Dans une commune comme la mienne, un tiers de la population seulement est d'origine française ; les deux autres se répartissent entre Français de fraîche date et ressortissants étrangers.

Jeanne – Donc deux tiers d'une population sans liens, sans repères… ?

Le maire – Les plus perdus ne sont pas forcément là où vous les cherchez ; pour tout vous dire, les *petits Blancs* de ma zone pavillonnaire sont ceux de mes concitoyens dont les repères me paraissent le plus flottants.

Jeanne – Combien, dans la commune, de musulmans ?

Le maire – Un peu moins de la moitié ; avec des degrés de pratique assez divers. Ce que je peux vous dire, c'est qu'en moyenne, dans mes établissements scolaires, les trois quarts des élèves sont de confession musulmane ; la proportion pouvant, à l'occasion, atteindre les 100 %.

Jeanne (*visiblement étonnée*) – Et c'est une telle commune qui élit un maire affichant sa foi chrétienne !

Le maire – Qui l'élit... et le réélit : j'en suis à mon troisième mandat. Dans ma commune, je pense avoir la confiance d'au moins deux habitants sur trois – ce qui ne se fait pas tout seul... Je m'accroche, chère Jeanne-Antide, et depuis que je vous connais – autant dire, peu de temps –, j'écoute en boucle vos discours ! (*Il rit*). Vie difficile que celle d'un maire de mission !

Jeanne – Et cette mission, à tes yeux, par où commence-t-elle ?

Le maire – Par la culture, évidemment ! Là est ma priorité. Je rappelle souvent à mon équipe que de la connaissance vient la reconnaissance...

Jeanne – Tu sais ce qu'avait répondu Churchill à ceux qui, en 1940, lui proposaient de rogner, au titre de l'effort de guerre, sur le budget des arts : « Sacrifier la culture... Mais alors, pourquoi nous battons-nous ? »

Le maire – Exactement : priorité à la culture et à l'enseignement. Nous essayons de sensibiliser les enfants au patrimoine, au spectacle, à la musique... À la littérature, surtout – nous multiplions les cours extra-scolaires de langue française ! Dans les petits voyages culturels que nous mettons sur pied, les enfants d'origine étrangère nous amènent parfois leurs mamans ; et ce sont elles qui, par la suite, développent dans les familles un autre regard sur la France.

Jeanne – Nous devrions nous montrer plus amoureux de notre héritage. On n'aime vraiment que ce qui est aimable… Mais tu sais déjà tout cela.

Le maire – Oui… Je ne vous écoute pas pour apprendre, mais pour me donner du cœur.

Jeanne – Tu ne manques pas de cœur.

Le maire – En tout cas, je recueille chaque jour les preuves qu'une entente, une ouverture, une assimilation – osons le mot – sont possibles. Faut-il encore le vouloir et s'en donner les moyens. Et croire, croire en ce que l'on fait !

Jeanne – Cœur et courage font l'ouvrage. À la vérité, c'est toi qui pourrais m'en apprendre.

Le maire – N'inversons pas les rôles ! Simplement, j'ai l'expérience du terrain… Et je sens, je sais que les bourreaux d'aujourd'hui pourraient devenir les pèlerins de demain, voire les apôtres d'après-demain.

Jeanne – Je retiens la jolie formule.

Priorité à la culture et à l'enseignement, avait dit le maire. Jeanne partageait cette analyse. À l'en croire, tout partait de la culture et tout y ramenait.

— La Culture, m'avait-elle dit un jour, est un portefeuille essentiel, plus important peut-être que l'Intérieur, les Affaires étrangères ou les Finances.

Dans son esprit, l'éducation avait partie liée avec la culture. Elle avait d'ailleurs ouvert, sur Internet, un immense forum à ce sujet, auquel vinrent se mêler des centaines de contributeurs, proches ou éloignés du réseau *Toussaint 22.* Lors d'un déplacement dans le sud-est de la France, il se trouva que la responsable d'un comité local avait eu maille à partir avec une parente d'élèves, farouche partisane des prescriptions pédagogiques en vigueur. Jeanne accepta de débattre avec elle ; je n'ai pas assisté moi-même à l'échange ; mais puisque l'on m'en a, par la suite, procuré l'enregistrement, j'ai choisi de le faire figurer dans ces pages. On y verra que, jusqu'à la fin ou presque, *la Gamine de Strasbourg* conserva toute sa verve.

TREIZIÈME DIALOGUE

Jeanne – Nos gouvernants, à longueur de discours, déplorent l'*ensauvagement* de l'époque. Au lieu de se lamenter, ils devraient réformer l'école. Car c'est sur ses bancs que se forgent les instruments du débat, du respect, de l'écoute ; c'est de l'école que dépend la capacité des citoyens à comprendre la société, à s'y repérer ; c'est à l'école que se développent l'esprit de logique et l'esprit critique ; enfin, c'est par l'école que l'on vaincra, dans le meilleur des cas, ces ferments de haine qui conduisent à la barbarie.

La parente d'élèves – Même si j'émets des réserves sur l'usage du terme *barbarie*, je ne peux qu'approuver cette déclaration d'amour. Je suis d'accord : tout dépend de l'école ; un seul pivot : les apprenants.

Jeanne – *Apprenants* ? Pardon, mais je ne maîtrise pas le jargon des pédagogues. Parlons plutôt d'enseignants, si vous le voulez – cela nous maintiendra en terrain neutre.

La parente d'élèves – Les apprenants sont les enseignés, pas les enseignants ! Mais peu importe…

Jeanne – Voilà résumé, d'entrée de jeu, notre propos : si l'on veut échanger, il faut commencer par parler la même langue.

La parente d'élèves – Ce n'est pas un prérequis.

Jeanne – En théorie, peut-être. Dans la pratique, si les mots employés n'ont pas le même sens pour tous, je crains que l'on ne coure au-devant de malentendus et, partant, de conflits.

La parente d'élèves – Il faut surtout former l'enfant à l'échange et au débat.

Jeanne – À condition que l'échange soit structuré ; le débat, argumenté. À condition donc qu'il y ait une autorité arbitrale. Le professeur doit retrouver une position magistrale ; il est celui qui transmet le savoir au disciple.

La parente d'élèves – Les sages orientaux vous diront que l'enseignant et l'enseigné fabriquent ensemble l'enseignement…

Jeanne – Je voulais dire que le respect dû au maître était la première étape du respect octroyé aux autres élèves. Ainsi apprend-on à laisser parler l'autre, à disputer point par point, à se référer à des faits précis, à construire un raisonnement.

La parente d'élèves – En même temps, il n'est pas inutile de laisser s'exprimer l'émotion des enfants. Certaines méthodes affirment que c'est la clé de leur développement mental.

Jeanne – Dans un univers où, partout, dominent les émotions, il me semble que l'école devrait être le refuge de la raison. Elle devrait mettre en avant les chiffres contre les fantasmes ; les faits contre les impressions. Moins d'opinions toutes faites, davantage de positions motivées.

La parente d'élèves – Les chiffres et les faits, dans le monde numérique, sont à la disposition des apprenants – des élèves, si vous préférez. Plus besoin de les savoir par cœur.

Jeanne – Le *par cœur* est mon cheval de bataille !

La parente d'élèves – Vraiment ! Vous voulez que nos enfants ânonnent bêtement des choses qu'ils ne comprennent pas ?

Jeanne – Tout apprentissage est une discipline ; et toute discipline comprend sa part d'efforts... Quand j'étais enfant, mon père me faisait apprendre par cœur toutes sortes de poèmes. Dans la plupart, certaines tournures rares, certaines constructions ne me paraissaient pas entièrement claires. Je les apprenais tout de même. Avec le temps, cette matière, morte en apparence, se transforme en un ferment puissant. Quand remonte de lui-même, du fond de ma conscience, le vers parfait, l'expression magnifique, j'en goûte aujourd'hui le suc, comme jamais je n'aurais pu le faire dans le cadre d'une simple lecture. C'est pour que chacun puisse, un jour, connaître une telle dilection que je défends l'apprentissage par cœur – de surcroît à un âge où, souvent, il exige un minimum d'efforts.

La parente d'élèves – Encore un peu, et vous allez défendre l'enseignement des langues mortes…

Jeanne – Évidemment ! Et pour des raisons très proches, en effet.

La parente d'élèves – Les journées d'école ne sont que de quelques heures ; les enfants ne peuvent pas tout apprendre ! Alors, dans un monde où l'on voyage beaucoup et où la maîtrise des langues vivantes est devenue un sésame, je préfère que mes enfants apprennent l'anglais ou l'espagnol – mieux : le chinois !

Jeanne – Sauf à vouloir faire de vos *chères têtes blondes* de petits rouages efficaces et prospères de la grande machine à broyer les consciences, vous ne pouvez pas réduire un enseignement à son efficacité socio-économique ! Si vos enfants vont à l'école, est-ce pour devenir de bons petits soldats du système, ou bien des citoyens éclairés et des personnes épanouies ?

La parente d'élèves – Un peu des deux, sans doute…

Jeanne – Croyez-moi : plus vos enfants emmagasineront de repères, plus leurs parcours, dans la vie, seront riches et profonds.

La parente d'élèves – Ce n'est pas le stock de repères qu'il convient de développer chez l'enfant ; c'est son aptitude à gérer des flux.

Jeanne – On ne bâtit rien avec de l'eau ; on ne construit rien sur du sable… Si l'école ne fixe pas les repères, qui le fera ? L'orthographe, le calcul, les lois physiques, la topographie, la chronologie – tout ce qui va permettre à l'enfant de se situer avec pertinence dans les différentes circonstances de sa vie… Et de trouver sa place dans l'évolution de la civilisation.

La parente d'élèves – Je me fiche pas mal de savoir où en sont les enfants, par rapport aux évolutions de la civilisation ! Ce que je veux, c'est qu'ils aient un travail confortable et une vie agréable.

Jeanne – Le confort, toujours, et l'agrément…

La parente d'élèves – Parce que vous connaissez quelque chose de mieux ?

Jeanne – Oui. L'élan, l'audace, le dépassement. L'accomplissement.

La parente d'élèves – Je veux le succès de mes enfants. Point final.

Jeanne – Personne ne vous le reprochera. Surtout si ce succès individuel s'inscrit dans un succès collectif.

Si la vie peut changer d'un jour à l'autre, la vie politique est de nature à basculer en quelques secondes. Je n'avais pas retrouvé Jeanne depuis trois semaines que d'un seul coup, sans crier gare, s'abattit sur nous une effroyable tempête médiatique. L'affaire fut tellement soudaine, elle enfla si rapidement, que rien – j'en demeure persuadée – n'aurait permis de la voir venir. Tout avait commencé par l'entrefilet, pour le moins discret, de la rubrique « Indiscrétions » d'un hebdomadaire bruxellois. On y rapportait que, dans les couloirs feutrés du palais de la Commission, le *Berlaymont*, il se disait que les fracassantes – et décisives – révélations de la campagne référendaire en France, à propos des négociations chinoise et turque, avaient eu forcément leur source à l'intérieur du Parlement européen. Pour disposer de renseignements aussi précis, il fallait en effet qu'une personnalité habilitée ait non seulement consulté, mais frauduleusement copié, dans une salle de lecture spécifique, des documents classifiés *TRÈS SECRET UE* – dont le nom que prit ce scandale : *l'affaire des fuites UE*.

La presse française s'empara de la rumeur et la grossit, de semaine en semaine, jusqu'à en faire le feuilleton de l'été. L'accusation sous-jacente, à l'évidence, visait Jeanne. Seule à ses côtés, sans secrétariat constitué, sans les moyens qu'en d'autres temps l'État avait mis à notre disposition, je me trouvai bien démunie pour y faire face. Jeanne, après avoir méprisé l'affaire, et même refusé d'en parler sérieusement, finit par en mesurer la gravité, au moins sur un plan médiatique. Non seulement sa réputation était en jeu, mais, par ricochet, elle menaçait la validité du résultat référendaire, voire la légitimité de la politique de souveraineté adoptée par le Président. De nombreux responsables français, révulsés à l'idée de quitter l'Union européenne, sautèrent sur l'aubaine comme des noyés se seraient agrippés à une planche…

Devant l'ampleur du scandale, les institutions de l'Union n'avaient d'autre choix que de s'en saisir. Procédure des plus rares : une commission temporaire d'enquête du Parlement européen, composée de trente membres et désignée par les lettres CONF, fut constituée pour examiner les détails de *l'affaire des fuites UE* et comprendre comment on avait pu se procurer, pour les rendre publiques, des informations à ce point confidentielles. Il s'agissait donc, officiellement, de déterminer la source des renseignements et de rendre impossible, dans l'avenir, un tel fiasco. À Bruxelles comme à Paris, personne n'ignorait que, officieusement, c'est Jeanne-Antide Aubier que visait cette procédure ; on se promettait même de tout mettre en œuvre, au cours d'une audition publique, pour faire payer à la Néo-Calédonienne le coup décisif qu'elle s'était permis de porter à l'Union.

Jeanne fut convoquée devant la commission CONF un mardi. Dès le lendemain, on apprenait que les audiences seraient présidées par une parlementaire européenne d'origine française. Le jeudi, celle-ci appelait au téléphone, voulant s'entretenir avec celle que tout le monde désignait déjà comme une accusée. Surprise de m'entendre mentir pour la protéger, Jeanne me demanda discrètement à qui je parlais. Je fermai un instant mon micro.

— À la présidente de la commission d'enquête.

— Ah ! Mgr Cauchon, évêque de Beauvais... soupira mon amie.

La même pensée m'avait traversée.

11
Jeter l'écorce

Le courage est un puissant désir de vivre
prenant la forme d'un empressement *à mourir.*

À peine avais-je éconduit, au téléphone, la présidente de la commission d'enquête que Jeanne me demanda de la rappeler. Elle ne souhaitait en rien fuir ses responsabilités et préférait, me dit-elle, « *apaiser tout de suite le Grand Inquisiteur qu'encourir ses foudres, plus tard, pour l'avoir mal disposé* ». Cette conversation courte fut enregistrée ; il s'agissait, dans mon esprit, de faciliter éventuellement la préparation du grand oral qui s'annonçait.

QUATORZIÈME DIALOGUE

La présidente – Si je me permets de vous appeler au téléphone – dans les cadres autorisés, et sous le contrôle de mes collègues –, c'est pour vous dire combien je suis soucieuse de vos intérêts. Il n'est pas question, à l'occasion de cette audition, de vous faire du tort, en dépit de tout.

Jeanne – Peut-être pourrais-tu, dans ce cas, surseoir à l'interrogatoire…

La présidente – *Interrogatoire*, vous y allez fort ! Je vous suggère, lors de nos entretiens publics, d'adopter un vocabulaire plus modéré…

Jeanne – *Procès en sorcellerie* te conviendrait-il mieux ?

La présidente – Vous connaissez trop notre assemblée pour ignorer qu'elle apprécie l'exactitude, condition de l'efficacité…

Jeanne – Mais ton Parlement n'a jamais eu la moindre efficacité ! Depuis 1979, il est une énorme et coûteuse machine à brasser de l'air et à noircir du papier. Il est vrai que, pour une fois, grâce à cette commission – et alors que les événements lui prédisent une fin prochaine – il est en mesure d'atteindre l'objectif de ses partisans : ternir l'image et gauchir la parole de ceux qui luttent pour leur souveraineté.

La présidente – Je doute qu'en divaguant de la sorte, vous nous aidiez à vous sortir de ce mauvais pas ! En tout cas sans dommages…

Jeanne – Je n'ai pas l'intention de collaborer.

La présidente – Je ne veux pas croire ce que j'entends. Je ne peux pas imaginer que vous soyez si peu raisonnable ! Quand donc comprendrez-vous que nous ne sommes pas des inquisiteurs, ni des accusateurs publics. Nous ne voulons, pour vous comme pour n'importe quel citoyen de l'Europe, que le meilleur : du confort, de la sécurité, de la sérénité…

Jeanne – Qu'on me délivre de votre sérénité en boîte ! Je n'ai pas l'intention de collaborer.

La présidente – Dans ce cas, j'ai bien peur que nous ne devions faire notre devoir…

Jeanne – Je te fais confiance pour faire bien exactement tout ce que l'on attend de toi.

La présidente – Nous ferons notre devoir.

De mon carnet de citations : Dans un passage célèbre du chapitre VI, volume II de son maître-ouvrage *De la démocratie en Amérique*, Alexis de Tocqueville avait décrit avec un don de prescience la violence douce, la molle tyrannie qui nous enveloppait en 2023. Il écrivit pourtant ces lignes en 1840 !

« *Je vois une foule innombrable d'hommes semblables et égaux qui tournent sans repos sur eux-mêmes pour se procurer de petits et vulgaires plaisirs, dont ils emplissent leur âme. Chacun d'eux, retiré à l'écart, est comme étranger à la destinée de tous les autres : ses enfants et ses amis particuliers forment pour lui toute l'espèce humaine ; quant au demeurant de ses concitoyens, il est à côté d'eux, mais il ne les voit pas ; il les touche et ne les sent point ; il n'existe qu'en lui-même et pour lui seul, et s'il lui reste encore une famille, on peut dire du moins qu'il n'a plus de patrie.* »

Voici les dirigeants qui conviennent à de telles natures :

« *Au-dessus de ceux-là s'élève un pouvoir immense et tutélaire, qui se charge seul d'assurer leur jouissance et de veiller sur leur sort. Il est absolu, détaillé, régulier, prévoyant et doux. Il ressemblerait à la puissance paternelle si, comme elle, il avait pour objet de préparer les hommes à l'âge viril ; mais il ne cherche, au contraire, qu'à les fixer irrévocablement dans l'enfance ; il aime que les citoyens se réjouissent, pourvu qu'ils ne songent qu'à se réjouir. Il travaille volontiers à leur bonheur ; mais il veut en être l'unique agent et le seul arbitre ; il pourvoit à leur sécurité, prévoit et assure leurs besoins, facilite leurs plaisirs, conduit leurs principales affaires, dirige leur industrie, règle leurs successions, divise leurs héritages ; que ne peut-il leur ôter entièrement le trouble de penser et la peine de vivre ?* »

Et la terrible conséquence de ce qui précède :

« *C'est ainsi que tous les jours il rend moins utile et plus rare l'emploi du libre arbitre ; qu'il renferme l'action de la volonté dans un plus petit espace, et dérobe peu à peu chaque citoyen jusqu'à l'usage de lui-même. L'égalité a préparé les hommes à toutes ces choses : elle les a disposés à les souffrir et souvent même à les regarder comme un bienfait.* »

Le mois qui suivit, nous le passâmes à endiguer, sans grand espoir, l'offensive contre Jeanne, à préparer, sans grande illusion, son audition devant la commission CONF. Ce spectacle devait se tenir à Bruxelles, alors que l'Union entretenait, à grands frais, d'immenses locaux à Strasbourg – des locaux réduits à n'accueillir que les sessions plénières. Hormis quelques journaux et sites Web en rupture de ban, et les rares philosophes à continuer de croire en la raison, nos soutiens ne furent pas si nombreux. Une extraordinaire campagne médiatique, orchestrée par des intérêts puissants, avait pour ambition de retourner l'opinion – largement favorable à *l'enfant de La Foa* – tout en confortant ses ennemis dans leur résolution. Une aide en haut lieu n'aurait pas été de trop... Des jours durant, je fis moi-même le siège du conseiller spécial ; mais mon patron, sans me prendre en ligne, me fit répondre par son secrétaire qu'il me reverrait volontiers, lorsque j'aurais cessé d'être en disponibilité... Cet état de fait ne dépendant que de son bon vouloir, nous n'étions pas loin d'une situation kafkaïenne.

Quant au président de la République... Dès le premier jour, j'avais remarqué la grande sympathie qu'inspirait Jeanne à cet homme que, après tout, elle avait contribué à remettre en selle, et dans quelles conditions ! Alors qu'elle était encore plus ou moins inconnue, il n'avait pas hésité à lui confier une mission historique, puis avait laissé reposer la campagne référendaire sur ses épaules adolescentes. Au Mont-Saint-Michel, j'avais pu mesurer toute l'amitié spontanée qui se mêlait, dans la gratitude présidentielle, à des raisons plus objectives. Il n'empêche : six mois plus tard, alors que Jeanne affrontait une épreuve inquiétante, pour ne pas dire alarmante, l'Élysée ne se manifesta nullement. Comment expliquer le silence assourdissant du Président ? Depuis tant d'années, d'innombrables raisons furent invoquées ; pour y avoir moi-même beaucoup songé, je crains qu'il ne faille retenir la plus froide, la plus forte, la plus implacable de toutes : la raison d'État.

Voler au secours de Jeanne, ç'eut été, pour un exécutif en pleines négociations de sortie, faire le double aveu d'une indélicatesse politique majeure et d'une violation du secret parlementaire européen. Le Président estima sans doute qu'il ne pouvait pas se le permettre. Faut-il aller plus loin, et penser que la chute de Jeanne ne gênait pas trop celui qu'elle avait tant aidé ? Avec le recul – et quelque tendresse que je conserve à la mémoire de mon regretté patron –, je pense que le conseiller spécial ne dut guère œuvrer dans le sens d'une solidarité périlleuse avec la Néo-Calédonienne ; selon la vieille image de Frédéric de Prusse à propos de Voltaire, l'orange une fois pressée, il semblait naturel de jeter l'écorce…

L'opinion n'en jugea pas de même ; et, des années durant, Le président d'alors et son équipe allaient porter comme une croix, aux yeux des Français, l'indifférence coupable témoignée à Jeanne, aux heures sombres. Il me faut saluer ici, *a contrario*, le rôle admirable des comités *Toussaint 22* qui, sans relâche, et des années durant, devaient constamment ranimer la flamme et maintenir le souvenir intact. À la fin du mois d'août, Jeanne avait réuni ses principaux *compagnons d'armes* pour les préparer à des temps plus difficiles. Je n'ai pas – *mea culpa* – enregistré ses propos ce jour-là ; mais je me souviens qu'ils m'avaient rappelé dans leur substance, et toute proportion gardée, les adieux de Napoléon à sa vieille garde, sur l'escalier de Fontainebleau : « *J'ai sacrifié tous nos intérêts à ceux de la patrie ; je pars. Vous, mes amis, continuez de servir la France. Son bonheur était mon unique pensée ; il sera toujours l'objet de mes vœux* »…

À Bruxelles, la veille de la fameuse audience, nous avions passé la journée dans une suite d'hôtel à envisager les questions les plus perfides – et je dois dire qu'en ce domaine les membres de la commission se surpassèrent, et nous surprirent. Le soir venu, je trouvai mon amie trop nerveuse pour envisager sereinement de la laisser seule. Au bord du sommeil, blottie dans mes bras, elle jouait avec mes doigts… Je m'enhardis à déposer un chaste baiser dans ses cheveux et lui avouai tout bas un attachement qui, entre nous, n'avait jamais été formalisé.

L'audition de Jeanne-Antide Aubier inaugura les travaux de la commission d'enquête CONF, le mardi 5 septembre 2023. Une foule inouïe s'entassait dans la grande salle, à l'atmosphère excessivement climatisée. Ouvrant sèchement la séance, la présidente française arborait une espèce de rictus énigmatique ; mais elle ne semblait guère gênée d'avoir à livrer en pâture une compatriote. Sa patrie à elle, c'était à l'évidence l'Union européenne... Après avoir fait terriblement siffler son micro, qu'elle tapota de surcroît, elle attaqua sans préambule.

— Voulez-vous, s'il vous plaît, décliner vos nom, prénom, âge et qualités ?

— S'il ne s'agit pas d'un procès, disons que c'est bien imité.

— Je vous demanderai d'y mettre un peu du vôtre : nous avons de nombreux témoins à auditionner ; j'aimerais que cette première séance ne se passe pas trop mal.

— Elle ne se passera pas trop bien... Je suis Jeanne-Antide Aubier, j'ai dix-neuf ans et je m'occupe des *comités Toussaint 22* qui, depuis quelques mois, ont aidé la France à retrouver sa souveraineté perdue.

Extraits de l'audition de Jeanne-Antide Aubier par la commission d'enquête CONF du Parlement européen

Eux – Vous avez, à plusieurs reprises, fait état dans les médias de *songes* qui, alors que vous résidiez en Nouvelle-Calédonie, vous auraient convaincue du rôle que vous aviez à jouer en France métropolitaine.

Elle – Pas seulement en France métropolitaine. Mes songes m'ont aidée dans ma conduite en tous lieux. Et de tout temps, quasiment.

Eux – Ne trouvez-vous pas que votre confiance dans l'inspiration divine soit d'un autre âge ?

Elle – Qui a parlé d'*inspiration divine* ? Et pourquoi, forcément, ce qui est spirituel devrait-il paraître archaïque ? L'un des pères de la modernité s'appelle Freud ; je crois savoir qu'il s'est beaucoup interrogé sur le sens à donner à nos rêves…

Eux – Tout de même pas jusqu'à en faire un guide dans la vie.

Elle – C'est à voir…

Eux – Votre vocation paraît en tout cas bien éloignée de la psychanalyse !

Elle – Le serait-elle moins, la prendrais-tu davantage au sérieux ?

Eux – Admettez-vous que vos *songes* aient pu être manipulés à votre insu ?

Elle – Je ne vois pas comment…

Eux – Ne pensez-vous pas que certains mouvements souverainistes auraient eu tout intérêt à faire de vous le porte-étendard de leur cause en difficulté ?

Elle – Ils ont pu y trouver de l'intérêt… Cela n'en fait pas forcément les instigateurs.

Eux – Niez-vous que cela soit possible ?

Elle – Je conteste que cela soit établi.

...

La présidente – Qu'avez-vous dit au président français, dans les couloirs de la télévision, le soir où vous l'avez rencontré en tête à tête ?

Elle – Cela ne regarde que nous deux ; mais il le dira, s'il le souhaite.

Eux – Vous avez, dans une interview récente, reconnu avoir livré au chef de l'État, ce soir-là, « le seul secret à connaître, quand on fait de la politique ».

Elle – En effet.

Eux – Et quel est-il, ce secret ?

Elle – Tu aurais grand besoin de l'apprendre ; cependant, tu ne saurais qu'en faire.

Eux – Avez-vous touché son visage ?

Elle – As-tu regardé le mien ?

...

Eux – Étiez-vous au courant de la manière dont vos informateurs, à Bruxelles, s'étaient procuré les renseignements prétendument scandaleux dont vous avez fait usage comme argument de campagne ?

Elle – Hélas, je n'ai pas eu besoin de ces documents pour connaître certains abus de l'Union européenne.

Eux – Niez-vous en avoir fait usage ?

Elle – Je réfute qu'ils m'aient appris grand-chose.

Eux – Qui vous a remis ces documents dont vous avez, par deux fois, fait une citation explicite ?

Elle – Ce n'est pas à moi qu'on les a remis.

Eux – Alors, savez-vous du moins qui les avait procurés à votre intermédiaire ?

Elle – Il faut croire qu'il existe, au sein de votre prétendu Parlement, des personnes assez peu convaincues du bien-fondé de vos institutions pour les bafouer sans trop de scrupule.

…

La présidente – Reconnaissez-vous avoir, dans l'intention de la ridiculiser, touché, au mois de janvier, le visage voilé d'une femme musulmane ?

Elle – N'oublions pas qu'une femme peut être bonne musulmane sans avoir à se voiler la face. J'ai en effet touché son voile non pour la ridiculiser, bien sûr, mais pour souligner l'atteinte faite à sa liberté comme à nos coutumes.

La présidente – Ce n'était donc pas, de votre part, une erreur involontaire…

Elle – Je mentirais à le prétendre.

La présidente – Avez-vous eu conscience, en agissant ainsi, de heurter la sensibilité de nombreux citoyens européens ?

Elle – Je ne savais pas qu'il y eût une citoyenneté européenne…

La présidente – Répondez à la question posée !

Elle – Disons que, plutôt, j'ai eu conscience d'agir pour l'intégrité de femmes innombrables, qui souffrent de traditions d'un autre âge, exogènes à la religion et contraires aux mœurs françaises.

La présidente – Regrettez-vous ce geste choquant ?

Elle – Regrettes-tu la lâcheté morale et la paresse intellectuelle qui, bien que tu sois une femme, te poussent à trahir les femmes ayant combattu, dans le passé, pour le droit de se promener tête nue, cheveux au vent ?

…

Eux – Encore une fois, avez-vous, oui ou non, eu connaissance de la source par laquelle vous étaient parvenus les documents confidentiels dont vous avez fait usage, lors de la campagne référendaire, à l'encontre d'institutions caricaturées à dessein ?

Elle – Je n'avais pas à m'en soucier.

Eux – Étiez-vous consciente du caractère illicite de leur communication à vos intermédiaires ?

Elle – Qu'entends-tu par *illicite* ? Par rapport à quelles normes aurais-je dû en juger ?

Eux – Par rapport à des normes communautaires, reconnues comme règles de droit par votre Constitution, et donc intégrées à votre ordre juridique.

Elle – Je constate que tu emploies le terme *illicite* et non le terme *illégal*.

Eux – Quelle différence faites-vous entre les deux ?

Elle – C'est à toi de me le dire ! J'en serais, pour ma part, bien incapable… Mais je pensais que dans ta bouche, *illicite* était moins grave qu'*illégal.*

Eux – Ce n'est ni plus grave, ni moins grave. Autrement formulé, saviez-vous que la manière de vous procurer ces documents n'était pas conforme au droit ?

Elle – Les réalités décrites par ces documents existent-elles, oui ou non ? Ce qu'ils nous disent de la soumission de l'Union européenne à la Chine, ce qu'ils nous montrent de sa complaisance envers la Turquie, ont-ils une once de vérité ? C'est, pour ma part, la seule chose qui m'importe.

Eux – Tu ne verrais donc aucun inconvénient à contrevenir à la loi…

Elle – Je ne vois pas d'inconvénient à faire connaître la vérité.

…

La présidente – Ces derniers temps, la presse a comparé votre épopée politique à celle de Jeanne d'Arc, en 1429-1430. Diriez-vous que vous n'avez jamais songé, vous-même, à cette filiation ?

Elle – Je connais un peu l'histoire de Jeanne d'Arc ; elle est différente de la mienne.

La présidente – Connaissez-vous cette histoire au point de vous être inspirée, en conscience, de la posture de Jeanne, de ses tactiques ou encore de sa manière de parler ?

Elle – *Passez outre !* C'est la réponse que tu attendais ?

La présidente – Vous vous prenez pour la nouvelle Jeanne.

Elle – Jeanne est mon prénom ; mais je me sens peu digne de celle dont tu parles… Quant à toi, penses-tu être digne de l'évêque Cauchon ?

La présidente – L'évêque Cauchon, si je ne m'abuse, instruisait à Rouen pour le compte des Anglais…

Elle – Toi qui présides cette commission, toute française que tu sois, instruis à Bruxelles pour le compte des Allemands – pardon – je voulais dire : de l'Union européenne, ce qui revient à peu près au même…

La présidente – Croyez-vous donc qu'on puisse identifier l'Union européenne à l'Allemagne ?

Elle – D'une certaine façon, oui… Quant à ses fins ultimes.

La présidente – N'importe quoi !

Jeanne – Les Anglais ont brûlé Jeanne d'Arc. Vas-tu brûler Jeanne-Antide Aubier ?

La présidente – Il n'est ici question de brûler personne.

Elle – (*riant*) On se contentera de me *griller*... Politiquement et numériquement.

La présidente – Vous délirez ! Et d'abord, pourquoi riez-vous ?

Elle – Je ris de ce que vous tous, ici réunis, donniez une si juste image de ce que devait être le tribunal de Rouen.

La présidente – Voyez : vous l'assumez, cette filiation avec Jeanne d'Arc...

Elle – J'assume la bonté, l'enthousiasme, la franchise de celle qui, en son temps, a sauvé la France ; j'assume sa dignité, sa droiture, son humanité, sa force et ses faiblesses, comme ses contradictions. De la pure Jeanne, j'assume tout. Et toi ? Qu'est-ce donc que tu assumes, du legs moral de l'infâme Cauchon ?

La présidente – Cela suffit !

Elle – Même rancune, même aigreur, même colère en vous deux – à six siècles d'écart...

12
RELAPSE

La vérité doit forcément être plus étrange
que la fiction, car la fiction n'est qu'une création
de l'esprit humain, et par conséquent reste à sa mesure.

Si le Parlement européen avait possédé ne serait-ce qu'une once de pouvoir judiciaire, il ne fait aucun doute qu'il aurait condamné Jeanne à la peine maximale. Ne pouvant guère, dans le cadre d'une commission d'enquête, que la malmener verbalement, il se contenta, l'audition touchant à sa fin, de l'admonester en public. Sous l'objectif des caméras, on lui reprocha des actes auxquels elle-même était restée étrangère, et dont la véracité – certes peu douteuse – n'avait pu être prouvée.

Le bras séculier de cette cour ecclésiastique, version XXIe siècle, était à l'évidence la Commission européenne. Cette dernière, visée directement par la campagne de Jeanne, et qui s'apprêtait à faire les frais du référendum, ne se fit guère supplier... Elle prit dans l'ombre des sanctions très sévères contre la sorcière. Pour autant qu'on le sache – l'affaire, à ce jour, est loin d'avoir livré tous ses secrets –, c'est dans l'entourage du commissaire *à la société numérique* que furent menées les transactions occultes, visant à supprimer Jeanne, numériquement parlant.

À cette époque, les représentants à Bruxelles des géants du Web, dont les fameux GAFAM, faisaient le siège de la Commission pour endiguer, sur l'immense marché, la concurrence de leurs homologues asiatiques, chinois notamment. Il ne dut pas être bien difficile de les convaincre – en échange de quelles concessions ? – d'ôter à Jeanne-Antide Aubier tout support, tout relais, autrement dit toute existence sur les réseaux sociaux. Elle se retrouva, pour résumer, privée d'accès à Internet... L'effet fut immédiat et radical : du jour au lendemain, Jeanne dut, pour s'exprimer publiquement, tenter d'amadouer les médias traditionnels – fort réticents – et attendre la reprise de ses propos par certains internautes sympathisants. Bientôt, ce subterfuge lui-même trouva ses limites, les médias qui s'enhardissaient à citer la proscrite subissant un sort à peine moins rigoureux que le sien.

Ne s'estimant pas quitte pour autant, certains ennemis cachés de *la jeune Aubier* voulurent de surcroît orchestrer contre elle une campagne calomnieuse. À coups de fausses indiscrétions et de bruits sans fondement, ils semèrent le doute dans l'esprit public, à propos de liens politiques et financiers qu'aurait entretenus Jeanne avec la Fédération de Russie. À en croire les sites les plus débridés, elle aurait même été, purement et simplement, un agent du FSB. Je fus plus ébranlée qu'elle, me semble-t-il, par ces prétendues révélations, et ne parvins pas à la convaincre d'organiser une conférence de presse au cours de laquelle on aurait pu tenter de tordre le cou à ces rumeurs.

Devant un tel acharnement, à la limite du supportable pour une jeune femme qui se vivait avant tout comme une voix politique, force est d'admettre que Jeanne fut tentée de flancher. À ma surprise, je la vis accepter, pour retrouver un semblant de compte sur les réseaux principaux, une espèce de charte où elle-même s'interdisait, pour l'avenir, de dénigrer en quoi que ce fût les institutions, les fonctionnaires et les élus de l'Union européenne. Ainsi Jeanne allait-elle donner le sentiment d'avoir vendu son âme au diable.

Mais à peine avait-elle retrouvé un accès au Web qu'elle publia tous azimuts un message qu'elle avait longuement mûri et qui, en assez peu de mots, devait constituer son testament politique et moral. Il répondait à la question, ironique et malveillante, qu'avait posée, quelques jours plus tôt, l'éditorialiste d'un grand quotidien : *Mais que propose donc Jeanne Aubier ?* Ce message, infiniment repris et partagé de par le monde, le voici :

Ce que je propose, c'est d'opter pour la mesure contre la démesure, pour l'humilité contre le volontarisme, pour la stabilité contre l'agitation, pour le temps long contre le temps court, pour l'héritage serein contre l'utopie fiévreuse. Ce que je propose, c'est de défendre, face aux assauts d'un monde déréglé, la permanence de ce que nous aimons.

Ne laissons pas les prophètes d'un prétendu progrès nommer nos traditions des archaïsmes, nos règles des contraintes, nos protections des barrières, nos us et nos coutumes des entraves.

Ne faisons pas crédit à ceux qui, au service d'intérêts qui ne sont pas les nôtres, voudraient nous faire croire que l'aplanissement de tout, le nivellement de tous, serait un horizon. Cultivons plutôt les contrastes, les hiérarchies, les singularités qui font la vraie richesse.

Réchauffons-nous sans cesse au foyer de la culture et ne nous laissons pas gagner aux séductions du seul bien-être. Consommons moins ! Apprenons plus ! Développons à tout propos l'esprit critique. Gorgeons-nous de tous les savoirs possibles ; mettons les choses en perspective et ne soyons pas dupes de la mode et de l'air du temps !

Notre salut n'est pas dans le perpétuel changement de tout, dans le brassage incessant des gens, dans l'infinie mobilité des choses ; transition, métissage et nomadisme ne sont pas l'ultime horizon. Aux circulations sans bornes d'une société fluide, pour ne pas dire liquide, nous préférons les équilibres d'une société solide et bien campée, bordée par ses limites, sûre de ses fondations.

Refusons absolument, de toutes nos fibres, de tout notre être, l'idée d'un gouvernement mondial et celle, connexe, plus délétère encore, d'un dépassement des limites naturelles de l'être humain par une augmentation de ses facultés physiques ou mentales. La sagesse est dans l'acceptation et dans le dépassement spirituel de toutes limites ; la folie, dans leur abolition par la technique.

Le territoire, l'ancrage et l'enracinement seront nos sauvegardes. Soignons notre identité, affermissons nos repères. Puisons en eux nos forces d'invention et de renouvellement. Sauver le bon, transmettre le meilleur, et dans l'avenir perfectionner encore le bon, dépasser toujours le meilleur : voilà de quoi nous exalter pour des générations.

Ces mots tout simples ne furent pas du goût des apôtres de la globalisation. Dans cette profession de foi conservatrice, ils crurent déceler une attaque à peine voilée contre eux-mêmes et contre leur idée d'une « famille humaine en pleine évolution ». Il est vrai que ces sept paragraphes faisaient vaciller leur vision du monde.

— Relapse ! auraient pu crier ces gardiens du temple.

Sans sommation, sans pitié, Jeanne fut derechef privée du moindre débouché numérique. Cette fois, comme on eût dit en d'autres temps, sous d'autres cieux, la malheureuse était morte au monde.

De mon carnet de citations : Le 31 mai 1964, lors des fêtes Jeanne-d'Arc de Rouen, le ministre d'État en charge des Affaires culturelles, André Malraux, lance cette adresse magnifique : « Ô Jeanne sans sépulcre et sans portrait, toi qui savais que le tombeau des héros est le cœur des vivants, peu importent tes vingt mille statues, sans compter celles des églises : à tout ce pour quoi la France fut aimée, tu as donné ton visage inconnu. Une fois de plus, les fleurs des siècles vont descendre. Au nom de tous ceux qui sont ou qui seront ici, qu'elles te saluent sur la mer, toi qui as donné au monde la seule figure de victoire qui soit aussi une figure de piété ! »

Quoique soutenant sans faille mon amie dans le creux de sa relégation, je ne pouvais, pour ma part, ignorer qu'elle n'avait pas été pleinement sincère avec moi. Alors que, des journées durant, nous avions passé en revue tous ses discours, tous ses messages – et spécialement ceux de la période de notre éloignement hivernal –, jamais Jeanne n'avait, devant moi, fait référence à cette affaire de femme voilée, qu'on l'accusait d'avoir humiliée en touchant son visage. L'incident m'avait échappé ; mais, renseignements pris, j'en avais retrouvé plus d'un écho sur Internet…

— Vraiment, se défendit-elle avec feu, je n'ai pas pensé à te parler de cette histoire sans grand intérêt.

— Et tu trouves normal que je découvre l'existence d'une telle *casserole*, seulement au cours de l'audience !

— Anissa, crois-moi : j'avais oublié cet épisode sans importance pour moi.

— Je te connais mieux que quiconque et sais que tes intentions sont pures ; mais il faut que tu admettes que, parfois, tes avis tranchés blessent les gens. Moi-même qui suis kabyle et ne possède pas, comme toi, une palanquée d'ancêtres gaulois, admets que je puisse me sentir agressée par ce genre de geste un peu trop impérieux…

— J'ai bien peur de ne pas te suivre…

Je me sentis exploser :

— Jeanne, une fois pour toutes, essaie de te mettre à la place de ces personnes venues de l'étranger, ou descendant de familles étrangères, et qui se sentent stigmatisées ou exclues de ce pays, la France, qui est maintenant le leur autant qu'il est le tien !

— Je me mets d'autant plus volontiers à leur place qu'il est dans ma nature de le faire : j'essaie toujours de comprendre ce que pensent les autres. Toujours, je dénoncerai les attitudes méfiantes, les remarques déplacées, les interpellations arbitraires – jusque-là, je te suis.

— Ouf ! Tu permets que je t'enregistre ?

QUINZIÈME DIALOGUE

Elle – Maintenant, je vais te demander, à toi, de te mettre un instant à ma place et à celle des miens : je veux parler de tous ces *Blancs* dont les ancêtres, depuis des siècles – que dis-je ? depuis

un millénaire au moins –, ont forgé ce pays. Songe à la détresse, à l'humiliation que cela peut être, pour nous, de nous sentir parfois étrangers au sein de notre propre terre !

Moi (*moqueuse*) – J'avais cru comprendre que tu débarquais fraîchement de Nouvelle-Calédonie…

Elle – Je suis née là-bas mais, aussi loin qu'on remonte dans ma généalogie – au moins jusqu'au début du XVIIe siècle –, tous mes ascendants sont français – en tout cas au regard des frontières, telles qu'elles sont aujourd'hui. Ce sont eux, mes arrière-grands-pères, mes aïeules à la énième génération, mes cousines et cousins innombrables, eux qui ont amendé ces terres, modelé ces paysages, fondé ces villages et ces villes, terrassé ces routes et bâti ces ponts, édifié toutes ces églises à la sueur de leur front, poli cette langue et nourri cet esprit qu'on nous envie partout… Eux qui ont sacrifié de pauvres existences à développer le commerce, construire des navires de haute mer, fabriquer les armes de nos victoires et celles de nos défaites – eux aussi qui, au Moyen Âge déjà, et puis encore au temps des guerres en dentelles, versaient leur sang pour la patrie ! Ils se sont donné le mal immense de constituer ensemble un État fort, de rêver une nation exemplaire, de sécréter un système politique de premier ordre et de créer un modèle de prévoyance et de santé auquel la planète peut, à bon droit, rendre hommage.

Moi – Je comprends enfin le moteur de tes combats.

Elle – Le moteur ? Mais ce sont eux, bien sûr ! Eux dont le sacrifice et la générosité, depuis mille ans et davantage, m'ont donné le droit de me sentir collectivement souveraine, avec aussi bien le devoir d'accueillir les autres, quand c'est possible, et de les aider si nécessaire. Ce sont eux dont les os devenus poussière, eux dont la chair, rendue à la glaise, forment la terre même que nous foulons… Ce sont eux qui m'autorisent, qui me poussent à te dire, sans arrogance, mais bien pétrie de la gratitude que je leur ai, qu'en les respectant comme je les respecte tu pourras aspirer enfin, toi aussi, au beau nom de française.

Moi (*ironique*) – Trop aimable ! *Cocorico*… Autorises-tu la Kabyle que je suis à te demander s'il existe tout de même, en toi, une petite place pour le remords et pour la culpabilité d'un peuple qui fut celui de la colonisation et de l'esclavage ?

Elle – L'esclavage est une pratique très répandue dans l'histoire des civilisations ; or, historiquement, le peuple français a fait partie de ceux, si rares, qui ont choisi de l'abolir. La colonisation est un phénomène historique parmi d'autres, qu'il serait absurde d'envisager avec notre regard, nos références, notre mentalité d'aujourd'hui.

Moi – Bref : selon toi, la France n'est responsable de rien !

Elle – Anissa, écoute-moi : il faut que tu comprennes qu'une vieille nation, comme une vieille personne, ne peut qu'assumer le grand héritage de son passé : même s'il est glorieux et magnifique, comme celui de la France, il comporte ses parts d'ombre et inclut certains crimes.

Moi – Alors, pourquoi évacuer du passé, du *passif* français, tout ce qui te dérange ?

Elle – J'aime la France, Anissa. Je l'aime pour ses vilenies, presque autant que pour ce qu'elle a donné au monde de sublime ! Je suis prête à échanger à l'infini avec tous ceux qui pensent, ou savent, qu'elle leur a, jadis, fait du mal – prête à les entendre, à les comprendre, à les plaindre bien sûr. J'ai depuis longtemps fait miens ces propos d'Hubert Védrine, qui avait été si proche de François Mitterrand, sur cet « *antidote au catéchisme du devoir de mémoire : l'Histoire* ». De ce grand récit, il disait : « *N'en rien occulter. Tout enseigner. Tout transmettre.* »

Moi – Dans ce cas, tu serais prête à demander pardon ?

Elle – Je le serais, si j'étais certaine, en le faisant, de ne pas nourrir un peu plus la haine de ceux qui se sont définis contre la France. Je demanderais pardon, Anissa, si cela pouvait réellement permettre la réconciliation de tous, en vue d'un nouveau départ.

Dans les temps qui suivirent, l'audience de Bruxelles et la sanction officieuse qu'elle avait entraînée, j'avais vu chanceler la santé de Jeanne. Tout commença par une grippe d'automne assez tenace et qui, deux semaines entières, la cloua au lit. Mais ce petit mal n'avait fait qu'en dissimuler un bien plus grand : la tumeur attaquant son cerveau. Ce gliome qui, lorsqu'elle avait douze ans, l'avait privée de la vue, et qui, depuis six ou sept années, l'avait laissée tranquille à peu près, se réveilla. Rechute subite… Jeanne vint m'en faire part chez moi, un jour où j'étais un peu fâchée contre elle. Mon amie était venue m'annoncer son départ pour la Nouvelle-Calédonie. D'abord glacée, bouleversée, je m'insurgeai vite contre une telle décision : puisqu'elle était en métropole, où se trouvaient les meilleurs oncologues, où l'équipement hospitalier pouvait lui prodiguer des traitements pointus, je ne comprenais pas qu'elle pût vouloir regagner son île éloignée.

— Je ne suis pas curable, finit-elle par me dire d'une voix dont, après tant d'années, le souvenir me hante. Il est temps que je rentre au milieu des miens.

Quand me saisit cette nouvelle affreuse, je venais de reprendre, à l'Élysée, mes fonctions auprès du conseiller spécial. Sans hésiter, je présentai ma démission et, sans me poser de question, pris un avion de ligne aux côtés de Jeanne, tâchant de veiller sur elle presque aussi bien que l'aurait fait le chien Argos en personne. Nous savions, l'une et l'autre, que jamais, sans doute, elle ne referait le voyage dans l'autre sens... À Roissy, au moment de quitter le sol de ses chers ancêtres, je sentis un tremblement me gagner ; il n'était que le reflet du sien.

— Au moins, murmura-t-elle tandis que, dans le hublot, les champs et les rivières d'Île-de-France, peu à peu, s'effaçaient derrière les nuages, au moins j'ai fait ce que j'ai pu.

— Tu as fait plus et mieux que quiconque, à ta place. Tu as fait ce que tu devais.

Notre départ s'était effectué dans la plus grande discrétion. Même les animateurs des comités

Toussaint 22, désormais interdits de Web, n'avaient pas été prévenus. Aussi n'y avait-il eu personne pour agiter, derrière nous, ne fût-ce qu'un mouchoir.

Ce que nous vécûmes, à La Foa, au milieu de sa famille, n'appartient qu'à nous ; j'emporterai dans la tombe, comme le plus précieux des secrets, les derniers mots, le dernier souffle de mon amie. Je puis seulement révéler que, à l'article de la mort, elle me demanda d'approcher mon oreille de sa bouche, alors qu'elle récitait les vers impérissables de Richard Francis Burton dans *The Kasidah* : « *Fais comme ton humanité te le dicte. / De personne que toi-même, n'attends d'assentiment. / Très noblement vit et très noblement meurt / Celui qui forge et suit ses propres lois.* »

Mon amie est partie très noblement, comme elle avait vécu. Sa bravoure, aux moments ultimes de la maladie, ne surprendra pas ceux qui ont compris combien le courage – à chaque instant, dans ses moindres actions, jusque dans ses plus petites pensées – aura été le maître mot de toute sa vie. Jeanne-Antide ou le Courage…

Il me faut dire, aussi, un mot de ses obsèques, célébrées dans l'intimité, et qui devaient me laisser un goût de cendre impossible à faire passer. Il me faut signaler également la présence – pour moi réconfortante – de mon regretté patron. En dépit d'un agenda dément, et malgré son peu de goût pour l'avion, le conseiller spécial avait tenu à faire ce long, très long voyage, et à déposer lui-même sur le cercueil un coussin arborant la décoration décernée par le Président. À titre posthume.

Il me faut enfin citer les mots prononcés par son père :

— Jeanne-Antide était une glace filtrante qui nous donnait à voir la réalité au milieu des apparences, à cerner la vérité parmi les mensonges. Il est affreux, pour un père, d'enterrer sa petite fille adorée ; affreux aussi, pour un disciple – car je fus son premier disciple –, de se dire que, en dépit de la valeur de son legs, rien ne restera d'elle. Aussi bien, vous qui l'avez accompagnée jusqu'ici, faites en sorte, chacun selon vos moyens, de maintenir vivante sa mémoire.

Un cap m'était fixé pour le reste de ma vie… C'était en Nouvelle-Calédonie, bien loin, si loin de l'ingrat peuple de France – un an, presque jour pour jour, après notre rencontre, dans ce studio d'étudiante qu'elle avait loué, à Nouméa, chez un garagiste… Une seule année pour tout changer : l'année du basculement ou, comme devaient le titrer des annales parlementaires : *L'année de Jeanne*. C'était en octobre 2023.

Postface

Les Français d'aujourd'hui, si dynamiques, si prospères, ces Français pleinement maîtres de leur destin, doivent beaucoup à l'influence de Jeanne-Antide Aubier. Près d'un demi-siècle après sa mort, le pays devrait mieux s'en souvenir, et célébrer comme il se doit l'enfant de La Foa. *Mieux : afin de se montrer fidèle à son message, la France devrait ne pas se contenter de la prospérité matérielle et de l'harmonie spirituelle. Dans l'esprit de Jeanne, la patrie de Descartes et de Pascal, de Corneille, de Girardon, Vauban, Turenne et Jean Bart se devrait de renouer avec l'esprit du Grand Siècle. On me dira que ces références sont plutôt miennes ; certes, mais l'inspiration vient absolument d'elle. Le général de Gaulle avait, en son temps, bien exprimé ce qu'elle a dû ressentir :* « Notre pays, tel qu'il est, parmi les autres, tels qu'ils sont, doit, sous peine de danger mortel, viser haut et se tenir droit. » *L'homme du 18 Juin résumant tout cela d'un trait :* « À mon sens, la France ne peut être la France sans la grandeur. »

Se tenir droit *: telle aurait pu être la devise de celle par qui s'est accompli l'exploit : ce* sursaut gaulois *du* XXI*e siècle. Venue du bout du monde pour éclairer ses compatriotes, cette jeune prophétesse était aveugle – après tout, Isaac et Jacob l'étaient bien ; mais aussi Homère, sainte Odile et Galilée sur la fin… Son parcours, tel que je l'ai hâtivement brossé, aura été fulgurant – trop peut-être… Jeanne n'admit jamais aucune concession ; elle refusa même de quitter la scène, quand l'en priaient les grands marionnettistes. Aussi, quoique conscients de l'importance du service qu'elle rendait, ces pragmatiques – confortés par tous les médiocres – se liguèrent-ils pour sacrifier l'héroïne sur l'autel des réalités du moment. Le Président lui-même, dont elle avait rattrapé le destin en sauvant celui de la France, ne fut pas le dernier à l'abandonner aux censeurs ; du moins serait-il le premier, par la suite, à vouloir soigner sa mémoire. En 2027, dès l'ouverture du second mandat instaurant le* décennat, *il nomma une mission, chargée d'honorer* la jeune Aubier.

Je ne fus moi-même élue à la présidence qu'en 2037 – et l'on sait ce qu'a dû mon succès au souvenir de

Jeanne et à son mot d'ordre de la dernière floraison *; nous avons pu offrir à notre civilisation ce «* baroud d'honneur *» dont elle avait rêvé. J'ai donc pu, dans ses traces, œuvrer à l'éclat de la France… Certes, nous devons à mon prédécesseur le rétablissement du pays dans son indépendance et son intégrité. Pour autant, c'est à moi, petite Kabyle* au beau nom de Française, *que revint l'insigne tâche de lui restituer la grandeur qu'avait appelée de Gaulle de ses vœux. De méchantes plumes ne se sont pas privées, d'ailleurs, de comparer mon rôle à celui de Louis Napoléon, restaurant l'empire de son oncle. Je n'ai avec le Général de parenté qu'intellectuelle, ce qui, pour la petite-fille d'un harki, relève déjà du tour de force – j'ai traité de ce dilemme familial dans un ouvrage bien connu. Cela dit ou redit, je dois admettre que mon* décennat *unique aura été bâti sur l'ambition d'une restauration gaullienne.*

Sur un point, peut-être, je me suis écartée de la pensée de Jeanne : jamais, en effet, je n'ai permis que l'intérêt général pût nuire notablement aux satisfactions particulières. Il me paraît que la grandeur de la France ne saurait être complète sans le bonheur des Français ni le rayonnement du pays, accompli sans l'épanouissement de ses habitants. Appliquant avec enthousiasme un agenda rêvé dans ma jeunesse, je n'aurai eu de cesse de permettre à chacun de développer au mieux ses talents, de lutter contre les corporations et les communautés, de faire que chaque citoyen, quelles que soient ses origines, ses singularités ou ses motivations, pût trouver dans la société française une place et un horizon.

Les tristes événements de 2046 et 2047 ne m'ont pas permis d'aller aussi loin, dans cette voie, que je l'avais souhaité. D'autres, peut-être, et même sûrement, reprendront un jour le flambeau… Je suis tellement tentée de dire aux Français d'aujourd'hui, comme Jeanne à ceux de 2022, que le moment est pour eux décisif ! Retirée de la vie politique depuis bientôt un quart de siècle, exilée de son propre chef à La Foa, dans le berceau de son amie disparue, la première des femmes présidentes de la République française a connu bien des occasions de rendre hommage à Jeanne-Antide Aubier. Le présent recueil n'en restait pas moins à composer, pour sauver d'un oubli toujours possible les paroles qui furent dites, et rendre à l'impulsion de Jeanne son éternelle actualité. Pour établir aussi, d'évidence, un fascinant parallèle entre la Jeanne contemporaine et celle du Moyen Âge, entre la Pucelle d'Orléans *et* la Gamine de Strasbourg.

À mes patients lecteurs, j'avais fait dans les premières pages la promesse de révéler ce que Jeanne-Antide avait répondu, le jour de notre arrivée à la Lanterne, à celui – mon cher patron – qui lui disait :

— *Tu as le feu sacré.*

Ces quelques mots, demeurés gravés en moi, constituent peut-être ce qu'elle aura jamais énoncé de plus fort :

— *Mon feu sacré, avait répondu mon amie, n'est ni celui du Saint-Sépulcre ni celui des vestales romaines. Mon feu intérieur s'apparente à l'*atar *des anciens Perses. C'est le* feu visible et invisible *qui permet d'allumer partout la lumière, plutôt que de lutter en vain contre des ombres ; c'est le feu de ce que je pense être la vérité.*

Post-scriptum de Franck Ferrand

L'envie d'écrire ce *conte politique* m'est venue à la lecture d'un billet de François-Xavier Bellamy sur le film de Terrence Malick *Une vie cachée*. S'y trouvent les lignes suivantes, qui m'ont interpellé : « Il arrive si souvent de préférer garder le silence, ou tout simplement de choisir de ne pas savoir, de ne pas voir, de ne pas s'interroger… Sur la scène publique aujourd'hui, qui a encore le courage de dire tout ce qu'il pense ? Et, ce qui est plus difficile encore, qui a assez d'exigence intérieure pour penser vraiment ce qu'il dit ? Dans la tentation de la paresse intellectuelle ou de la lâcheté politique, [le héros] nous rappelle que l'essentiel n'est pas de réussir – ce qui est finalement si facile –, mais d'abord de ne pas mentir. Et de ne pas se mentir. »

À mes proches – tellement inquiets – comme à tous ceux qui chercheraient à comprendre pourquoi j'ai consacré le temps du confinement, et même un peu plus, à ce livre, je réponds donc simplement : « Pour ne pas mentir. Et ne pas me mentir. »

Nombreux sont ceux qui m'y auront aidé. Je voudrais citer tout particulièrement Thierry Billard, mon éditeur depuis vingt ans, ainsi que deux éternels complices : Marc Menant, dont l'amitié et la franchise m'ont dissuadé de flancher au milieu du gué, et Danielle Porte, dont la relecture scrupuleuse aura sabré bien des coquilles. Merci enfin à Christophe Tardieu d'avoir – sans pour autant partager toutes mes idées – renforcé la plausibilité des ressorts institutionnels de l'intrigue.

Villers-sur-Mer,
le 31 juillet 2020.

Table

Pour en savoir plus
sur les Éditions Plon
(catalogue, auteurs, vidéos, actualités…),
vous pouvez consulter
www.plon.fr
www.lisez.com
lisez!
et nous suivre sur les réseaux sociaux

Editions Plon

@EditionsPlon

@editionsplon

MIXTE
Papier issu de
sources responsables
FSC® C003309
FSC
www.fsc.org

L'éditeur de cet ouvrage s'engage dans une démarche
de certification FSC® qui contribue à la préservation
des forêts pour les générations futures.

Pour en savoir plus :
www.editis.com/engagement-rse/

Cet ouvrage a été achevé d'imprimer sur Roto-Page
par l'Imprimerie Floch à Mayenne en septembre 2020.
Dépôt légal : octobre 2020 – N° d'impression : 96748
Imprimé en France